文学经典研究

——传统与创新

王万洪　邱兴跃　王冠　著

西南交通大学出版社

·成都·

内容简介

文学经典往往是一个时代的标杆，并对后世影响巨大。本书在众多文学经典中，截取《文心雕龙》、曹植诗作与杜甫诗歌，以斑窥豹，力图从前人陈说中，对魏晋、六朝、唐代文论和文学提出自己的创见，对《文心雕龙》、曹植诗作、杜甫诗歌等文论与文学经典的研究有所推进，有的观点目前还是所在领域的首出之作。这是试图对古代文学经典进行综合研究的一个尝试，也为未来的学术研究探索一条新路。

图书在版编目（CIP）数据

文学经典研究：传统与创新 / 王万洪，邱兴跃，王冠著. 一成都：西南交通大学出版社，2014.5
ISBN 978-7-5643-3066-8

Ⅰ.①文… Ⅱ.①王… ②邱… ③王… Ⅲ.①中国文学 – 文学研究 Ⅳ.①I206

中国版本图书馆 CIP 数据核字（2014）第 101030 号

文学经典研究——传统与创新

王万洪　邱兴跃　王　冠　著

*

责任编辑　张　波
特邀编辑　周次青
封面设计　何东琳设计工作室

西南交通大学出版社出版发行
四川省成都市金牛区交大路 146 号　邮政编码：610031
发行部电话：028-87600564
http://press.swjtu.edu.cn
成都蓉军广告印务有限责任公司印刷

*

成品尺寸：170 mm × 230 mm　　印张：8.25
字数：185 千字
2014 年 5 月第 1 版　　2014 年 5 月第 1 次印刷
ISBN 978-7-5643-3066-8
定价：32.00 元

作者简介

王万洪，男，汉族，1979年9月生，四川简阳人。先后毕业于简阳师范学校（中师）、四川师范大学（写作学硕士、文学博士）。现为西华大学人文学院讲师、四川大学历史文化学院古籍所博士后。主要研究方向为《文心雕龙》和巴蜀书法。已出版专著三部，发表论文二十余篇，主持各级科研项目十一项。

邱兴跃，男，1974年12月生，四川绵阳人。四川大学文学博士。现为四川理工学院人文学院讲师，山东大学儒学高等研究院在读博士后。主要从事中国古代小说及中国传统文化研究。已在《武汉理工大学学报》等刊物发表论文多篇，出版专著《明代儒学的世俗化与民间文化心理研究——以明代白话通俗小说为中心》一部，承担各级科研课题数项。

王冠，男，1980年3月生，吉林省长春市人。现为四川大学文学与新闻学院比较文学与世界文学专业在读博士生。主要从事比较文学和比较诗学研究。已在《当代文坛》《东方丛刊》等刊物发表多篇学术论文。

序

在日新月异的后现代理论话语的笼罩下，经典仍然有着不可取代的重要意义。即使是在后现代理论的"大本营"耶鲁大学，当年标举新异理论思想的一代宗匠哈罗德·布鲁姆也开始回归经典。布鲁姆在其杰作《西方正典》中，论列西方传统经典名著，用意就是对以"新""变"为鹄的当代西方文坛"拨乱反正"。王国维先生尝言"中西二学，盛则俱盛，衰则俱衰，风气既开，互相助推。且居今日之世，讲今日之学，未有西学不兴，而中学能兴者；亦未有中学不兴，而西学能兴者。"钱钟书先生亦言"东海西海，心理攸同；南学北学，道术未裂。"在现代性和后现代性的语境中，重读经典和回归传统并不意味着食古守旧，本书踵武前贤，论列经典，以期在中国古典文学的范畴内，用更为辩证眼光来审视继承与创新之间的关系。

众所周知，《文心雕龙》是中国文学理论史上成就最高的著作，它是中国文学理论批评史上第一部有严密体系的文学理论专著，一向以"体大思精"闻名于学林。在传统的国学四部中，《文心雕龙》属于集部中"诗文评"之类，《四库全书》提要囿于传统观念，对于集部诗文评类及其《文心雕龙》是这样评骘的："文章莫盛于两汉，浑浑灏灏，文成法立。无格律之可拘，建安、黄初，体裁渐备，故论文之说出焉，《典论》其首也。其勒为一书，传于今者，则断自刘勰、钟嵘。勰究文体之源流而评其工拙；嵘第作者之甲乙，而溯厥师承，为例各殊。"《文心雕龙》应该是诗文评论的代表之作，而关于《文心雕龙》主导思想、理论渊源的研究，各家意见纷纭，以至儒家主导、道家主导、佛家主导、玄学主导、三教合一等意见一直纠结不清。《＜文心雕龙＞思想渊源论》则通过对《文心雕龙》思想研究现状的述评和对原著各家思想渊源的深刻解读，认为《文心雕龙》是在儒家文艺思想主导下，熔铸百家思想、化合为我所用的产物，雅丽文学思想作为《文心雕龙》的理论红线贯穿全书。

作为建安时期著名的文学家的曹植，在刘勰《文心雕龙·明诗篇》中得到相当的高评价，"若夫四言正体，则雅润为本；五言流调，则清丽居宗。华实异用，惟才所安。故平子得其雅，叔夜含其润，茂先凝其清，景阳振其丽。兼善则子建、仲宣，偏美则太冲、公干。"这样的评价无疑对后世文人对曹植的态度有很大影响。南朝梁代的诗评家锺嵘在他的《诗品》中认为曹植的诗"骨气奇高，词彩华茂，情兼雅怨，体被文质"，并被列为众多诗歌的第一品之列。但是，目前对于曹植文学思想的研究还存在不足。曹植在长期的创作实践活动中，也展开了积极的文学批评，提出了相关的文论主张，是魏晋南北朝文学思想和理论批评的重要组成部分。他写给杨德祖、吴质等人的书信和自己的文学创作实践，体现了丰富的文学思想，这也是古典文论的传统。《曹植文学思想中的传统与创新》则大致从文学功用论、文学创作论和文学体裁论三个方面对曹植的文学思想予以论述。

作为中国古典诗歌的泰山北斗，"诗圣"杜甫身处盛唐与中唐转折时期，盛唐时期的狂飙突进之风以及中唐逐渐衰飒之气在其诗学创作中都打下极深的烙印。杜诗的"诗史"风格以及所显现的"牢笼百代"的特征在作者的诗学批评中也显露无遗：继承"风雅"，主张创新以及重视格律的苦吟风尚深深地影响了后来者。杜甫的诗学思想因其内容上的博大以及对诗歌艺术的"创新"，在有宋之后逐渐成为历代诗人效法的典范。《杜甫诗学批评中的"接受"与"求新"》从文学研究的内、外两个层面分别对杜甫诗歌创作的修辞和历史背景展开分析，并力图对杜甫诗歌创作与中国古典诗歌传统的联系予以揭示。从这个意义上来说，将杜甫诗歌和诗学研究、曹植文学思想研究与《文心雕龙》思想研究放在一起是完全可行的、也是有意义的。他们都来自悠久的中国文学传统，并立足于自己的时代精神而求新求变，并最终树立了经典地位，垂范后世，再造并更新了中国古典文学的伟大传统！

邱兴跃　王　冠

2014 年 4 月 8 日

目　录

上编　《文心雕龙》思想渊源论

中编　曹植文学思想的传统与创新

下编　杜甫诗学批评中的"接受"与"求新"

上编

『文心雕龙』思想渊源论

《文心雕龙》是南北朝时期齐梁之间文学理论家刘勰所写的一部文学理论巨著，也是一部写作学巨著。全书五十篇，分为"文之枢纽"（《原道》至《辨骚》）五篇，"论文叙笔"（《明诗》至《书记》）二十篇，"剖情析采"（《神思》至《总术》）十九篇，"笼圈条贯"（《时序》至《程器》）五篇，全书序论（《序志》）一篇。《文心雕龙》是刘勰对之前数千年文学创作、文学理论与成败得失的整体综合，以雅丽文学思想为红线，全方位地论述了文学起源、经典意识、文体流变、文学审美、创作思维、文学风格、创作技法、文学功能、作家修养、批评鉴赏等等具体意见，直面写作本质与过程，直面实践与意义，直面技法与鉴赏，是迄今为止文学理论史上内容最丰富、体系最严谨、成就最伟大的著作。放眼整个中西方文学理论史，《文心雕龙》也可以置身于最优秀的著作之列，当仁不让地处于执牛耳的地位。

　　正因为这样，《文心雕龙》的研究成为了一代显学，号称"龙学"。据李建中先生统计，古代文学理论研究的论文，有百分之四十是关于《文心雕龙》的。数百年来，《文心雕龙》的研究论著数以万千计，字数当以亿万计。这其中，关于《文心雕龙》的思想渊源研究一直以来都是重中之重，既产生了大量的研究成果，也出现了不少的研究争论。笔者花费数年功夫，对此发表一点自己浅薄的看法，以求教于方家，补益于学林。

一、《文心雕龙》思想研究概述

　　20 世纪 80 年代以来，除以《文心雕龙》的文本研究为核心，学术界同时进行了许多外围问题的研究，意图以外围研究来深化、拓展对《文心雕龙》本身的研究。在外围研究上，涉及的一些问题范围很广，比如关于刘勰出身士族还是庶族、家道是贫是富、不婚娶的原因、生卒年、追随僧佑的时间与目的、加入定林寺的原因、加入的是哪一个定林寺、博通的经论当中有无儒家典籍、刘勰的作品分布、刘勰年谱等等。对这些问题，总体上看，"龙学"界目前已经有了略存细小分歧而整体相对一致的研究意见。这些研究意见对于《文心雕龙》这个核心领域的研究，是有很大的辅助意义的。而关于研究的核心——对《文心雕龙》的研究，相对前述外部问题的探讨，则尚有许多问题意见纷杂，甚至存在较大差异与矛盾，比如《原道》之"道""风骨"何指，《隐秀》真伪、体例结构、"文笔之辨"、文学观念等等，都呈现这个特点。对这些分歧较大的问题逐一整理归类，笔者发现，它们牵涉到了《文心雕龙》的哲学、文学、美学思想几个方面。而在对这些问题进行讨论的时候，研究者或多或少都会遇到一个无法回避的核心问题，即《文心雕龙》的主导思想是什么，以及主导思想出自哪一家。不梳理辨正这个问题，前述存在的纠结问题将继续难以论说清楚。

对于这个问题的研讨，从时间跨度上来看，从唐代刘知几开始算起，超过一千五百年；从讨论范围来看，散见于历代诗、词、曲、赋、文、书画、音乐等著述之中；从明代至今对《文心雕龙》之批、注、疏、译、释、札、校、评等侧重于译注、校证或感悟评点的数十家论著来看，各家意见很不统一。近30年以来，关于这个核心问题各个方面的单篇研究文章，数量在100篇以上，也是意见不一，在上世纪80年代初期还对此进行了一场持续数年的"儒佛之争"思想大论战；从新近出版的专著来看，有两篇博士学位论文论述及此，而又将主要笔墨用于美学研究或渊源讨论，回避于此。

上述研究，不管是专门的、零散的还是印象式的，所遇到的主要阻力，大约存在于如下几个方面：

第一，《文心雕龙》"体大虑周"，这是其特点、优点；对研究者来说，这是其难点。

第二，《文心雕龙》思想驳杂。从先秦两汉到魏晋六朝，凡是作者写书之前甚至写书之时出现过的有关写作的理论、思想，刘勰都有所涉及。研究者一踏进去，进行单篇或集中于某个专题的研究还好，进行贯通式的思想梳理，往往有四顾茫然、举步维艰、挂一漏万之感；如果面面俱到，论述到各家思想的影响，又显然无法突出重点，抓住核心。

第三，诸家研究相对集中于思想渊源与举证己见两个方面。由是，关于《文心雕龙》思想的研究，出现了以下几种意见：一是纯粹的儒家核心说，认为《文心雕龙》的思想就是单纯的儒家思想；二是儒家主导说，认为儒家思想是《文心雕龙》的主导思想，其余为辅；三是道家主导说，主张"道家为体，儒家为用"；四是佛教主导说，提出《文心雕龙》以佛家思想为主，主张"以佛统儒，儒佛合一"；五是三教合一说，认为《文心雕龙》融合了释、道、儒三家，不分主次，主张"三教合一"；六是玄学主导说，认为魏晋玄学是《文心雕龙》取法的主要对象，并主张融合释、道、儒、玄四家；七是认为兵家、阴阳家对《文心雕龙》也有所影响。诸家讨论意见主要集中在儒、佛、合三种上，其余成果则相对较少。

第四，除了《文心雕龙》思想的研究，还涉及刘勰本人思想的研究，以及刘勰运用的折中方法论的来源问题。

第五，所有关于"思想"的研究，最后指向的都是《文心雕龙》的文学思想研究，但是又并不主要讨论这个问题。文学属于艺术部类之一，具有审美的特点与哲学的思辨，所以，在论述《文心雕龙》思想的时候，各家往往将其哲学、文学、美学思想并举论证，这就会出现混合三者，或者同时以三者之一取代、统摄三者的现象。因此，讨论《文心雕龙》思想的文章，往往是在讨论其文学思想的同时，或论述其哲学思想，或重点阐发其美学思想。三十年以来，关于美学思想的研究占了上风，已经出版相关专著多部；而以文学思想为研究对象的单篇论文较少，仅有一部专著以此为题论述之。

上述五个方面的困难，是以第三方面，即思想渊源为核心，因为这个问题不解决，其余所有的问题都会剪不断，理还乱。第五方面的文学思想，是顺着这个问题体现出来的表层问题；文学思想又另外附带包含了两个子问题：一是刘勰本人的思想，二是《文心雕龙》思维方法论的来源与运用。现将这些问题的有关基本研究情况梳理于下。

（一）儒家主导说

对于《文心雕龙》儒家思想的研究意见，可以分为四大类：

第一类是认为《文心雕龙》的思想属于纯正的儒家思想，因此，刘勰的文学思想也是纯粹出于儒家的。这类意见主要是针对佛教核心说而言，属于泛论，稍显绝对。在这类意见中，整体上是依据《文心雕龙》的内证，比如主要根据《序志》《宗经》等篇的论述得出此说，其代表是范文澜、杨明照和王运熙先生。范文澜先生《中国通史简编》说："刘勰自二十三四岁起，即寓居在僧寺钻研佛学，最后出家为僧，是个虔诚的佛教信徒，但在《文心雕龙》（三十四岁时写）里，严格保持儒学的立场，拒绝佛教思想混进来，就是文字上也避免用佛书中语（全书只有《论说篇》偶用'般若''圆通'二词，是佛书中语），可以看出刘勰著书态度的严肃。"①范先生认为刘勰属于纯粹纯正的儒家思想，这个说法和他在《文心雕龙注》当中的意见是相互矛盾的。与范先生"严格儒学立场"意见相似的是杨明照先生。杨先生的"儒家核心说"以《文心雕龙》内证为主，显得更为扎实。在《增订文心雕龙校注》一书的《前言》部分，杨先生指出：

> 《文心雕龙》是我国古代文学理论批评专著，所原的道，所征的圣，所宗的经，皆中国所有；所阐述的文学创作理论，所评骘的作家、作品，亦为中国所有。与佛经著作或印度文学都无直接间接关系。所以全书中找不到一点佛家思想或佛学理论的痕迹，而是充满了浓厚的儒学观念。这固然可以看出刘勰著书态度的严肃，但更重要的则是由于《文心雕龙》本身

---

① 范文澜：《中国通史简编》第二编（修订本），北京：人民出版社，1949年，第422页。

的内容所决定。①

在《从文心雕龙 < 原道 >< 序志 > 两篇看刘勰的思想》一文中，杨先生继续反复申说上述意见："是文心之作，乃述儒家'先哲之诰'，为我国古代文论专著。所谓道也，经也，纬也，骚也，皆中夏所有，与梵夹所论述者无关。且其'搦笔和墨'，'寻根索源'之日，儒家思想适居主导地位。"②"他把文章与经书的关系说得那么深湛，把圣人与经书的功能说得那么伟大，是曹丕《典论·论文》以来各家文论中不曾有过的说法。这又足以说明刘勰从事《文心雕龙》的写作，是由于他那浓厚的儒家思想所指使。""正因为刘勰儒家思想浓厚，单是他在《序志》篇里所表现的，无往而不从圣人和经书出发。事实也正是这样，'先哲之诰'是贯注着全书的。"③王运熙先生认为刘勰的思想虽然兼综儒佛，但是其文学思想方面儒家居于绝对主导的地位，其理由是：第一，从《文心雕龙》全书涉及的内容看，他对经、史、子、集四部的许多典籍，都相当熟悉。第二，刘勰一生兼长儒学和佛学，他的思想也是兼综儒佛，只是由于著作的性质与内容不同，分别表现出不同的思想倾向。《文心雕龙》是在儒家思想指导下写作的。第三，《文心雕龙》的指导思想，是文学应当积极入世，服务于政治，因此不可能用佛家思想来指导。综观《文心雕龙》全书的思想性质，绝少佛家的影响，仅在个别场合，使用了佛书中的术语（如《论说》篇中偶用"般若"一词）。④王先生说明的是全书体系完整、具体论证精密，有佛典的启发，而不是以"佛家思想来指导"全书的体系结构和专题论述。

第二类是认为刘勰兼备众家，而以儒学为优。刘永济先生认为刘勰是"学识广博明通之学者，其主导思想属于儒家。""从他的《灭惑论》来看，他是想调和儒、佛两家，从他的《文心雕龙》来看，他的主导思想是传统的儒家思想，关于道的本体方面交织着玄学的意味。"⑤刘先生是认为刘勰兼备三家思想而主导思想属于儒家。陆侃如先生说："要理解刘勰的文艺理论，首先要理解他的基本思想体系。他是儒家学说的信徒，同时也精通佛理。""刘勰的思想，的确是属于东汉王充以来的唯物主义体系的。"陆先生的意见是《文心雕龙》以儒家为主导，属于唯物主义一脉。此外，陆先生还具体指出了刘勰属于儒家古文经学一派，其理由是借鉴了范文澜先生《中国通史简编》所阐述的意见："儒学古文学派的特点是哲学上倾向于唯物主义，不同于玄学和佛学。尽管刘勰精通佛学，但在论文时，

① 杨明照：《增订文心雕龙校注》，北京：中华书局，2000年，第6页。
② 杨明照：《杨明照论文心雕龙》，上海：上海科学技术文献出版社，2008年，第41页。
③ 杨明照：《杨明照论文心雕龙》，上海：上海科学技术文献出版社，2008年，第57页。
④ 王运熙、周锋：《文心雕龙译注·前言》，上海：上海古籍出版社，1998年，第2页。
⑤ 刘永济：《文心雕龙校释》，北京：中华书局，1962年，第179页。

却明确表示唯物主义的观点。"① 杨明照先生也主张此说，认为刘勰写作《文心雕龙》，是站在古文经学的立场上，不满六朝形式主义的文风，为矫弊而作。② 这又论述到了《文心雕龙》的写作目的。上述诸家而外，陈良运、朱清等先生则从两汉《易》学对《文心雕龙》影响的角度申说刘勰属于汉代古文经学一派的意见。

第三类是从儒家经典角度追根溯源，集中到五经之首的《周易》一书。这类影响可以分为五组内容。第一组是认为该书是《文心雕龙》思想之源，如王小盾、戚良德等先生。王小盾先生认为《周易》与《文心雕龙》之间存在三层关系：一是源与流的关系，二是体与用的关系，三是论点与论据的关系；《文心雕龙》是在《周易》哲学思想影响下写成的。戚良德先生则发表了《< 周易 >——< 文心雕龙 > 的思想之源》一文，并收入其博士学位论文之中，认为《文心雕龙》各个方面的文学思想都是从《周易》中的出来的。持有这类意见的研究者很多，马白先生是用力最勤、发表文章最多的研究者。第二组是认为《周易》数理关系对《文心雕龙》产生了很大影响。1990 年，夏志厚先生撰文指出《文心雕龙》全书五十篇的结构关系，是《周易》天数地数"二十有五"的对应运用，上下篇各按一、三、五、七、九之数组合排列而成。新近，王小盾先生撰文指出：《文心雕龙》的"八体"风格理论，其渊源在于《周易》所阐释的文王八卦及其宇宙哲学；刘勰《体性》"八体"，各体特征都是向《周易》八卦取材得出的。第三组是讨论《周易》对《文心雕龙》风格理论产生的影响。王先生"八体"出于《周易》外，三十多年前就有研究者认为《周易》对《文心雕龙》的风格理论产生了巨大的影响，尤其是"文如其人"与阴阳刚柔的气论思想；敏泽等先生则认为《周易》的刚柔气论思想影响了《文心雕龙》的刚柔气论与刚柔风格论；詹锳、王小盾等先生认为《文心雕龙》之《风骨》与《隐秀》篇，是对应刚柔风格论的专篇，这个思想出自《周易》，《风骨》为阳刚的风格，《隐秀》是阴柔的风格；陈望道先生、詹锳先生、童庆炳先生则在各自专著中以《周易》八卦图示来分析整合风格类型理论及其转化关系。第四组是关于《文心雕龙》运用《周易》个别关键词的研究。《征圣》提出"四象精义以曲隐"，《隐秀》提出"互体变爻，化成四象"，对于"四象"的解释，从唐代孔颖达开始一直到当代的研究者，提出了诸如"老少阴阳"、"真假义用"、"春夏秋冬"、"含弘光大"、互体卦象等多种不同的说法。这些研究，从微观精义的角度将《周易》的影响体现了出来。第五组是对《文心雕龙》征引《周易》的梳理。杨明照先生在《增订文心雕龙校注》中将刘勰引用、化用《周易》原文或理论之处详细地罗列出来；台湾王更生先生集中指出《文心雕龙》运用了《周易》一百四十二处之多。上述单篇论文的研究，论证深入，讨论清楚，属于专题

---

① 陆侃如：《陆侃如古典代文学论文集》（下册），上海：上海古籍出版社，1989年，第847页。
② 杨明照：《杨明照论文心雕龙》，上海：上海科学技术文献出版社，2008年，第6页。

性质的讨论；而注释的梳理则对于《周易》对《文心雕龙》发生的巨大影响作出了文献上的对应实证。

《周易》之外，其他儒家经典对《文心雕龙》的影响研究则相对沉寂，而各家注、释、疏、证等则对此记载比较充分。吴明德先生《遍照隅隙，通观衢路——〈文心雕龙〉全书组织体系之探析》一文认为："宗经是贯穿《文心雕龙》全书的一大动脉，全书五十篇无一处不见有经典的踪迹，'全书引经典之处，于《周易》凡一百四十二处，于《尚书》凡一百二十四处，于《诗经》凡一百零九处，于《尚书》经传凡七十余处，于三《礼》凡九十二处，于《论语》凡五十二处。'可见宗经构成《文心雕龙》之内在思想体系。"吴先生的这个说法来自其师王更生先生。根据这个统计，《文心雕龙》仅仅对儒家五经的引用或运用就接近六百处，这是其他任何一家所不可望其项背的殊遇。说《文心雕龙》以儒家思想为主导，言之确凿。

第四类是从经典影响过渡到儒家先贤的影响研究。当前的重点，集中在儒家学术大师荀子及其著作上，认为荀子的思想对刘勰影响巨大，如李泽厚、刘纲纪、戚良德等先生。笔者以为，荀子的思想是先秦儒家思想结合诸子思想之后的新变产物，荀子重情论心、尚法论术、尚正论中，在保持儒家文论雅正传统的时候大力吸收道家思想而尚美尚丽，思想立场上指斥各家而独尊儒术，写作技巧上运用辩证思维模式来写作论辩，这些都对刘勰写作《文心雕龙》产生了深刻的影响。《文心雕龙》思想以儒家为主，是对先秦两汉儒家代表人物孔子、孟子、荀子、扬雄、王充等人文论思想的化合继承，不是只有荀子一家。在整体上讲，荀子影响不及孔子，这从刘勰对极端孔子的尊崇与《文心雕龙》对孔子文艺美学思想的继承运用两个方面可以清楚地看出来。不过研究者能在泛论儒家影响的同时进行这种具体个案的对应分析，在论述"儒家主导说"的思路上有拓展新路的启示意义。

上述儒家主导说的四大类意见，集中起来，有一个共同的问题，即：对儒家代表人物或儒家经典的研究相当薄弱，整体上看，属于泛论状态。比如，许多研究者论述到《文心雕龙》书中是以儒家思想、儒家文论为核心来立论的，但是，儒家思想与文论内容非常丰富，有哪些对《文心雕龙》产生了影响？这些影响具体体现在哪里？刘勰身在六朝重情尚美、谈玄论佛的环境里，他是如何选取独尊儒家的？独尊儒家的意义何在？这样的研究其实并不多，也不见深入，不显具体。这是《文心雕龙》儒家思想研究的一大不足。这个不足不弥补上的话，将使"儒家主导说"继续停留在泛论状态，继续停留在读者印象状态，而不是条分缕析、清楚明白地展示出来以事实说服读者的还原状态、实际状态。同时，若干儒家主导说的意见，只是讨论到儒家思想主导《文心雕龙》的思想倾向性，那么，有没有主导《文心雕龙》的文学思想以及美学思想呢？这个问题仍然不见回答。

事实上，本论文所要做的主要工作，就是回答儒家思想何以在《文心雕龙》中是其思想倾向与文学、美学思想的主导这一问题。

（二）道家影响说

尽管道家思想是华夏本土孕育的思想精华，尽管刘勰吸收运用了许多道家思想在《文心雕龙》的写作中，并在结构上安排道家思想占据了重要的理论地位，但遗憾的是，在有关《文心雕龙》思想的研究中，道家处于被忽略被冷落的状态。就目前的研究情况来看，"龙学"界关于道家思想影响《文心雕龙》的研究成果主要有以下意见：一是认为《文心雕龙》的"自然"论出自先秦道家，吕永先生等人讨论了《老子》"自然之道"等哲学思想对《文心雕龙》的影响；[①]二是认为《文心雕龙》的逻辑结构与《淮南子》相似，同时《文心雕龙》的"自然之道"与"物色"理论都是向《淮南子》取法而来的。[②]还有一种意见是泛论道家思想对《文心雕龙》的影响，以周振甫、张启成先生为代表。[③]对于《原道》之"道"究竟何意的论述，目前至少已有十三家之多，诸如儒道、佛道、玄学之道、三教合一之道等，只有少数人认为是道家之"道"，比如罗宗强先生提出了《淮南子》对《文心雕龙》的影响以及《原道训》对刘勰《原道》有影响的意见；对于《神思》的研究文章很多，几乎都谈到《神思》继承了陆机《文赋》的思维理论，而没有人从《庄子》一书的相关论述来研究该篇；对于《养气》，研究者多从该篇为《神思》补充的角度来讨论作家修养，而忽略了其本源是道家以《庄子》、葛洪思想为主的养生养气理论；对于《物色》，大家都说这是刘勰文学写作的重要内容来源之一，以此讨论"物感说"的影响，而没有看到该篇实则《原道》之延续的本质。上述现象说明一个问题，研究者多半认为《文心雕龙》是以儒家思想为主导来论述文学理论的——事实确也如此——但是，儒家主导说也成为研究者偏执儒家而忽略道家的不足原因。事实上，在倡导儒家主导的同时，如果说将《文心雕龙》的文学思想渊源一分为二，另一半天下就是属于道家思想与道家文论的。

忽略道家思想的另外一个原因是，有的研究者认为《文心雕龙》的"道"、"自然"等范畴是魏晋玄学的产物，不是先秦两汉道家的产物，刘勰是取法玄学"越名教而任自然"的思想来论述"道"与"自然"及二者关系的。更有研究者指出，

---

① 吕永：《<文心雕龙>与<老子>》，《湘潭大学学报（哲学社会科学版）》，1986年01期。
② 陈良运：《<文心雕龙>与<淮南子>》，《文史哲》，2000年03期。
③ 张启成：《<文心雕龙>中的道家思想》，《贵州社会科学》，1981年04期。

刘勰的思想是佛、道、儒三教合一，他论述问题，也是站在佛、道、儒三教合一的立场来进行的。这两种意见的优点是看到了刘勰生活的时代背景与当时社会思潮的特点，实际上运用的是孟子"知人论世"原则。这一原则的好处是注重文本外围的实际背景，阐释社会思潮的普遍性，作为身在其中的个体，必然受外在思潮的影响，这是从外围到圆心的意见。这一原则的不足在于，往往忽略个体在具体语境中的特殊性，忽略其学术思想的相对独立性。所以，上述意见中，不论是论述包含道家思想的玄学影响说，还是三教合一的三家影响说，往往是将重点放在儒、佛两方面，而基本上忽略对道家思想的研究。

相对于专题的研究，各家注释、疏证、校注等著作中则持以客观的态度，对源出道家文献的词句罗列较详，为研究者提供了翔实的文献依据。

（三）佛学影响说

在《文心雕龙》的思想研究中，佛学影响说占了很大的比例，从规模、深度、范围、专题各个方面来看，远远超过道家思想对《文心雕龙》的影响研究，甚至也超过了儒家思想影响的研究。为什么呢？因为儒家思想、儒家文论与征圣宗经的理念在书中是随处可见的，研究者往往对此熟视无睹，就算谈论儒家影响的研究文章，也只是在《序志》《征圣》《宗经》等核心篇目上打转转，或者干脆泛泛而谈，并不讨论儒家思想在书中哪些地方发生了影响，以及这些影响达到了什么样的程度。这反而就不如佛学影响说的研究文章，这一大类文章往往以细节深入的专题研究为主，而不仅是泛论佛学思想，因此立论清晰，显得相当深入。给人的印象，就是具体落实，言之有理，言之有据。这就使得在许多重要的方面，比如思想取法、论述方法、文学观念，儒家和道家思想的影响反而退居次要的位置。这表明"龙学"研究繁荣昌盛的局面与走向深入的研究趋势，同时也暴露出一些研究存在的问题，需要辩证地对待与接受。

从观点态度来看，关于佛学影响《文心雕龙》的研究成果，主要可以分为积极影响与消极影响两大类，前者占据绝对主要的比重。多数研究者认为佛学积极影响了《文心雕龙》。王元化、马宏山、牟世金、张少康等先生曾指出，刘勰是受了佛家理论、因明学逻辑思维、龙树"中道"认识论的影响。其中，由马宏山先生开启于三十年前的"佛学核心说"，曾引发了一场关于《文心雕龙》主导思想归属的大论战。马宏山先生认为《原道》之"道"，主要是指佛典之"道"，刘勰的思想是"以佛统儒，儒佛兼综"的。这个意见被多数研究者认为并不正确，吴林伯、牟世金、吕永等先生先后撰文与马先生进行了长达数年的论战，杨明照等先生也曾表态认为佛学主导说的失误。① 这场论战最大的收获是，借此深入推动了学界关于《文心雕龙》指导思想的研究。牟世金先生《文心雕龙译注》的《引论》部分对佛学影响刘勰持肯定态度，认为范文澜先生"纯粹儒家说"是不正确的，刘勰生长于佛学大兴的齐梁年间，其文学征圣宗经的思想与佛教徒征圣宗经的思想在本质上是一致的，而且，刘勰在"般若绝境"这个问题上是以佛家思想统摄其余的，只不过佛学的这种影响并不是"以佛统儒"，而是儒佛并存的。张少康先生就龙树"中道"观对刘勰折中方法论的影响做出了深入的分析，阐发较详。邱世友先生则以为，刘勰对于玄学"有无"之争，持"有无皆空"之"般若绝境"来予以化解的佛学"中观"态度。张辰先生《刘勰美学思想发微》一文从六朝崇尚佛教、帝王百姓积极参与的时代风气持有此论。该文认为，影响刘勰的主要是佛学因明学的形式逻辑，以及中观论辩方式。普慧先生则认为佛学因明学在彼时尚未传入中土，是佛家的成实学对刘勰产生了巨大的影响，大凡认为因明学思想影响刘勰的说法都是不对的。在上述意见中，"中道"观因为占据了有无皆空、"中边皆甜"的理论优势，而在"佛典影响说"中居于理论优势地位。

与上述积极影响诸说不同，有研究者认为佛典对刘勰的影响是存在的，不过主要是消极不良的影响。陆侃如先生说："至于佛教给予刘勰的影响，他学习了佛经分析理论的方法，使自己的论述做到了既深刻又明确。除此之外，刘勰思想中某些唯心主义的局限性，和佛经也不是没有关系的。"② 陆先生认为佛经对刘勰的影响，主要体现在全书分析理论的方法上，也就是折中的方法论和问题的论述深度上。佛学没有对他的文学思想产生多么深刻的影响，而且还有部分消极的干扰。陆先生的这个意见提出于数十年前，按照今天研究的成果来看，佛学思想在《文心雕龙》书中确实没有产生多大的影响，但这些影响并不是消极的，而是积极的。

从佛学影响的具体专题研究来看，研究者所论证的佛学影响或多或少，或轻或重，或清晰或模糊。这些影响主要用于如下八个方面：

1. "文心"与书名

这种意见认为《文心雕龙》书名之"文心"，源自佛学典籍。范文澜先生《文

---

① 这次论战所发表的论文较多，比较重要的有以下一些：马宏山：《论文心雕龙的纲》，《中国社会科学》1980年04期；吴林伯：《论〈文心雕龙〉的纲》，《江汉论坛》1980年06期；马宏山：《有关〈文心雕龙〉的一些问题——答吴林伯同志的辨难》，《江汉论坛》1981年03期；邱世友：《关于〈文心雕龙〉之"道"》，《哲学研究》1981年05期；马宏山：《〈文心雕龙〉之"道"再辨——兼答邱世友同志》，《新疆大学学报(哲学人文社会科学版)》1981年第03期；马宏山：《〈文心雕龙〉的理论体系——与牟世金同志商榷》，《学术月刊》，1983年03期；牟世金：《实事求是地研究〈文心雕龙〉——答马宏山同志》，《学术月刊》，1983年10期；孟二冬：《〈文心雕龙〉之"神理"辨——与马宏山同志商榷》等。其后孙立先生发表《文心雕龙主导思想之辨析》（《湖北民族学院学报(哲学社会科学版)》，1994年04期）一文，对此进行了总结。

② 陆侃如：《陆侃如古代文学论文集》（下册），上海：上海古籍出版社，1989年，第847页。

心雕龙注》认为"文心"出自于对《阿毗昙心》书名的模仿借鉴。饶宗颐先生等人反对这个意见，认为《文心雕龙》与《阿毗昙心》二者体例完全不一样，这是牵强比附的结果。笔者认为范先生的意见是不对的。在《序志》篇开头，刘勰清楚地告诉我们，"文心"一书，论述的是"为文之用心"，是取法于儒道两家著作的《琴心》《巧心》以"心"为书名而来的，刘勰认为"心哉美矣"，于是用"心"来作书名。这样清楚明白的作者自述，确定了范先生的理解是不对的，详见《书名解》章。但是，因为范先生《文心雕龙注》一书重大的学术价值与巨大的发行量，他的这个说法迄今影响深刻，尤其是初涉《文心雕龙》的研究者，目前还有许多人直接用他的这个意见为准绳来写文章。

2.《文心》体例

研究者普遍认为《文心雕龙》体例清晰，论述严谨而深刻，是出自佛学典籍的。这个问题，几乎没有人反对过，已成定论。持佛学影响说之诸家自不待言，杨明照、王运熙等认为《文心雕龙》的思想是纯粹儒家思想的研究者，也提出这个意见。杨先生指出："按文心全书，虽不关佛理，然其文理密察，组织谨严，似又与之相关。"[1]"至于全书文理之密察，组织之谨严，似又与刘勰的'博通经纶'有关。因为他那严密细致的思想方法，无疑是受了佛经著作的影响的。"[2]杨明照先生认为《文心雕龙》体系严密、论述深刻，所运用的思想方法论是佛经影响的结果。稍感遗憾的是没有指出刘勰运用的是什么方法论，以及这种方法论运用的具体情况。王运熙先生也认为："至于全书体系完整、论证精密，则当是受到佛典的启发。"[3]

更进一步的意见则认为，《文心雕龙》从书名到结构以及篇章组织，完全是刘勰模仿学习佛典的转化结果，以范文澜先生为代表。范先生注《序志》篇就持这样的意见。范先生所阐述了佛典对《文心雕龙》的写作影响：

> 彦和精湛佛理，文心之作，科条分明，往古所无。自书记篇以上，即所谓界品也，神思篇以下，即所谓问论也。盖采取释书法式而为之，故能鳃理明晰若此。[4]

佛学著作以因明学为基础，重体系，重逻辑，因而受其影响的《文心雕龙》"科条分明，往古所无"。[5]范先生认为《文心雕龙》的研究方法与结构体例是模仿了

---

① 杨明照：《杨明照论文心雕龙》，上海：上海科学技术文献出版社，2008年，第45页。
② 杨明照：《增订文心雕龙校注》，北京：中华书局，2000年，第6页。
③ 王运熙、周锋：《文心雕龙译注前言》，上海：上海古籍出版社，1998年，第2页。
④ 范文澜：《文心雕龙注》，北京：人民文学出版社，1958年，第728页。
⑤ 范先生以为，刘勰写作《文心雕龙》，全系模仿《阿毗昙心》一书而来。《阿毗昙心》属于因明学著作，重视论证的逻辑姓与思维的条理性。

佛典《阿毗昙心》，并把上篇拟为"界品"，下篇拟为"问论"。这个说法，和他的"儒家主导论"极端对立，并且，所见未免失实。最近有作者依据范先生此说，继续发挥道："《文心雕龙》的体例结构与佛家经典多有相似之处，特别是《阿毗昙心论》一书，此书共分为十品，其中第十品为为圣贤品，第八品契经品，刘勰《文心雕龙》之征圣、宗经之篇，可能即源于此种思想。《文心雕龙》的布局方式与该书也多有相似之处。"① 该文除了继续将《阿毗昙心》影响《文心雕龙》一说加以申述，更以为刘勰作《征圣》《宗经》两篇，是出于对《阿毗昙心》内容的模仿，其说略显比附。香港饶宗颐先生在《文心与阿毗昙心》一文中详细指正了范先生的这个失实，饶先生认为《阿毗昙心》全书"十品"之结构"与《文心》布局方式全不相干，'问论'在最末，安得谓《神思》以下即所谓'问论'？可谓拟于不伦。"② 这篇文章在证误范先生意见的同时，也（提前二十年）从事实举证上驳斥了"征圣、宗经源于佛典"一说的谬误，则是另外一大收获。其实，范先生之所以认为《阿毗昙心》是刘勰《文心》之所本，不仅在指出二者体例结构的相似性问题，更主要的是此书有一"心"字，欲借此"心"揭示刘勰《文心》命名的渊源所在。当然，这个意见是不对的。③

范先生的意见，是看到了刘勰此书结构严谨、论述深刻的特点，在中国文论史上非常突出。这里，我们发现了几对矛盾现象。第一个矛盾是，以范先生为代表的"儒家主导说"论者，几乎都异口同声地认为《文心》之结构论证，取法佛经。上述三家是那么坚定地认为刘勰的主导思想属于儒家，而又同时谈到在《文心雕龙》的具体写作过程中，受到了佛典组织结构与论证方式的极大影响。这两种意见无论怎样看，都显得非常唐突——儒家思想，佛典方式，内儒外佛，完美统御。二者突然就这样结合在一起了，难道中间没有一个中介环节将它们联系起来吗？于是，我们自然就会提出如下的问题：既然刘勰以儒家思想为主导，他就没有想过要运用儒家经典的组织结构或者论说方式来写《文心雕龙》吗？或者说，儒家经典在写作的条理性和论证的深刻性方面，与佛典相比，就真的并无可取之处了吗？以至于做梦都在念叨孔子，一心想要"树德建言"并思慕积极入世的刘勰，要抱着儒家思想的内核，却不得不披上佛典形式的外衣？这是值得我们深思的。

如此，就给了许多研究者如下的立论主张以空间：既然写作受了佛典影响，那么佛学思想不可能不体现在《文心雕龙》书中，并以此来钻空子，论述佛学影响程度、多少的文章层出不穷，越说越厉害。

笔者以为，佛学典籍逻辑思维的影响当然存在，但是我们不能够忽略的事实

---

① 刘培强：《佛学对〈文心雕龙〉的影响》，原载《大众商务·下半月》，2009年第11期。
② 饶宗颐：《文心与阿毗昙心》，《暨南学报》（哲学社会科学），1989年第1期。
③ 具体论述，请见笔者《〈文心雕龙〉书名解》一文。

是：中国古代的文献典籍，有许多是刘勰直接取法的，这些典籍逻辑思维、论述组织之严密，是不争的事实。比如《孟子》一书的辩论艺术、《墨子》一书的形式逻辑、《庄子》一书的辩证思维论证方法、《孙子兵法》十三篇首尾组合的严密结构、《荀子》一书向《庄子》取法论述问题的清晰深刻、《史记》一书宏大严谨的体系组织与结构安排——无一不在说明，《文心雕龙》完全有中国传统文献影响的因素在内。我们怎么能够轻易就否定自己的东西呢？怎么能够无视这些常见书严谨深刻的事实呢？仅以刘勰取法并不多的《孙子兵法》为例，《孙子》作为一部兵法著作，它就有一个全面完整的体系。《孙子兵法》最根本的特点，是从哲理的层面，用哲学理念来观察战争现象，探讨和揭示战争的一般规律，提出了一系列指导战争的具体方法。这部书篇幅不大，只有五千九百多个字，它自己本身有个逻辑体系，是经过严格的学术剪裁的。全书十三篇，多一篇少一篇都不行：第一篇是《计篇》，打仗之前要算计、要谋略，这是核心问题，所以《计》放在第一篇；第二篇是《作战篇》，这个作战不是指打仗，而是准备战争，计算好了就要准备怎样打；准备充分的时候，它要行动，要谋攻，后面的《行篇》《势篇》《虚实篇》《军政篇》《九变篇》都是在讲一些具体的作战要领；最后是论述地形、行军、火攻等具体的战术问题，就更细化了；到最后第十三篇篇是用间之术，因为《孙子兵法》特别重视"知彼知己"，用间谍来了解情报，掌握情报，围了个圆圈，又转回到计算问题上了。中国传统文化就是个大圆圈，老是在循环，但是每次循环都是否定之否定，是向更高一个层次的发展和升华。《孙子兵法》作为传统文化的智慧代表，本身就有严密的内在逻辑体系。在这个方面，《老子》一书就更不待言了。《孙子兵法》这个案例可以证明，中国古代的文献著作是有逻辑体系而且相当严密的，绝不是是只有佛学典籍才论述严谨。这就足以攻破现在通行的说法。事实上，刘勰在《文心雕龙》书中就分外推崇史学典籍的条理组织，在《史传》篇中对《史记》《汉书》大加赞赏，很大的原因就是因为《史记》等著作结构体例组织完备。因此，对于结构体例写作思维等问题，笔者提出华典（中华本土典籍）说，并且主张综合佛典说，取二者之所长来整体观照之。这本来就是刘勰论述文学问题所采用的折中方法论。

3. 佛典思维

因为佛典结构体例的影响，刘勰将佛典思维运用在了《文心雕龙》的写作结构之中。对这个问题，谈得较为深入的是周振甫先生。周先生据《梁书·刘勰传》"勰早孤，笃志好学。家贫不婚娶，依沙门僧祐，与之居处，积十余年，遂博通经论，因区别部类，录而序之。今定林寺经藏，勰所定也"的记载分析说："这几句话，对我们理解刘勰的著作《文心雕龙》是可供参考的。他的编定藏经，要在博通经论之后，区别部类，再加序录。看他对《文心雕龙》，也作了序录，他的《序志》就是全书的序录；也是'区别部类'分成几部、几类，这在《序志》作了说明，分'文之枢纽'，'论文叙笔'，'剖情析采'，'崇替于《时序》，褒贬于《才略》，怊怅于《知音》，耿介于《程器》'，即把全书分成枢纽、文体论、创作论、文学史、作家论、鉴赏论、作家品德论七部分。跟他编佛经的方法一样。"①周先生将刘勰在定林寺中"研阅穷照"、博观学习的主要结果（或成就）定格在整理与编辑佛经上，编辑佛经的方法，到了写作《文心雕龙》时继续采用，并据此推论刘勰具体写作时的习作序言、分门别类，以及全书内容上的七个部分，都是向佛典借鉴来的。这种借鉴的可能情况是："他（按：指刘勰）著作《文心雕龙》，为什么"体大虑周"，远远超过前人，就是后来的文论著作，也很少能跟它比的。""看来他是先博通经史子集，再从文学和文章的角度，论文序（按：当作"叙"）笔，研究文体论；再从文体论中剖情析采，研究创作论；再研究文学史、作家论等，最后制定文之枢纽的。文之枢纽最重要，所以列前。"②周先生的这个推测是佛典影响说中最具体的意见，好像是合情合理的。但是，刘勰写作序言，简介版块，"分成七个部分"，就一定是向佛经所学来的么？写序言就是编经书的序录吗？其他写有序言的书，包括史书子书集部的无穷书籍，是否都是向佛典学习的结果呢？我们为什么不能说刘勰为《文心雕龙》写序言是向中国著书的前贤学习的结果呢？据詹锳先生《文心雕龙义证·序志》所引：

> 孔安国《尚书序》："书序，序所以为作者之意。"
> 陈懋仁《文章缘起注》："序者，所以序作者之意，谓其言次第有序，故曰序也。"
> 纪评："此全书之总序。古人之序皆在后，《史记》《汉书》《法言》《潜夫论》之类，古本尚斑斑可考。"如《吕氏春秋》之《叙意》篇，《史记》之《太史公自序》，《论衡》之《对作》篇与《自纪》篇，《抱朴子》之《外篇·自叙》均在后。至萧统编《文选》，钟嵘作《诗品》，乃将序提至书前。③

仅仅这一个问题，就足以推翻周先生的上述推测。

　　《文心雕龙》写有序言，还有不少的研究者认为这个序言是模仿佛经所作。这个意见完全就是在比附佛经，强行对接。对这个问题，上引詹锳先生《文心雕龙义证》一书所引用的历代注解，说明古人著书，其序言往往在文末的普遍现象。

　　① 周振甫：《文心雕龙今译》（附词语简释），北京：中华书局，1986年，第5页。
　　② 周振甫：《文心雕龙今译》（附词语简释），北京：中华书局，1986年，第5页。
　　③ 詹锳：《文心雕龙义证》，北京：中华书局，1988年，第1899页。

古代典籍，最迟在《史记》中，序言就已经清晰完整地写于文末。《文心雕龙》也一样，与佛典有序无关。司马迁《太史公自叙》之清晰明了，篇幅结构之宏大完整，岂在《文心雕龙》的《序志》之下？岂在任何佛典序言之下？至于简介版块，那是任何书籍介绍内容都会谈到的，最迟从司马迁《史记》开始就已经这样做，而且远远比刘勰的介绍详细、清晰、准确得多。说到将全书"分成七个部分"，这个分法过于细致，当然，各家分法不一，这无关问题的讨论。小结周先生的意见，是《文心》全书是仿自于佛典，这和前述王运熙先生分析的意见不一样。两位先生也正好代表了当下看法的两种主要区别，《文心》是受佛典结构启发影响，还是纯然模仿佛典体例创作而成？

对这个问题稍加归纳，就会发现其提出背景以及当下流行的严重局限性，这就是：忽视我国古代文献经典的杰出成就与写作水平，轻易就否认了古代经典文献的学术成就与写作技法，认为它们是印象式的、描述式的、评点式的，是零散、感性而没有体系的、论述不深刻不严谨的；据此，反向看到佛经的严谨性、逻辑性、条理性、思辨性，于是或多或少地认定出身寺庙的刘勰，一定是在佛典影响下才可能完成《文心雕龙》的写作的。这些影响意见，直接导致了如下几方面的佛典影响说：即《文心雕龙》的体例结构、写作思维、论述方法、甚至主导思想，均出佛典，与中土学术、文献无关。

4. 思维方法

因为写作受到了佛典影响，刘勰论述文学问题所采用的思维方法论是出自于佛典的。刘永济先生在《文心雕龙校释》中指出刘勰思想方法论的取法："其思想方法，得力佛典为多。""刘勰精于佛学，故他立论能圆到周遍不倚不偏。但有时用佛经中的词汇如'圆通''般若'是也。"①刘先生看到了刘勰理论"不倚不偏"的公允客观的特点。王元化、张辰等先生认为刘勰的思维方法主要是出自于佛典的因明学，持有此论者甚多；而普慧等先生则认为是出自成实学，彼时因明学尚未传入中土；对于最明显的折中方法论，张少康等先生认为是出自龙树"中道"观，其说甚详。研究者论述及此，言之凿凿。比如张辰先生说：

> 在《文心雕龙》中对因明和中道的运用，可以说俯拾皆是。《原道》中的"心生而言立，言立而文明"，"夫以无识之物，郁然有彩，有心之器，其无文？"便是明显运用因明所作的演绎推理。《序志》"若乃论文叙笔，则囿别区分"便是对因明学中属种关系划分的运用。正因如此，所以全书在整体上"上篇以上，纲领明矣"，"下篇以下，毛目显矣"。

---

① 刘永济：《文心雕龙校释》，北京：中华书局，1962年，第175页。

至于"中道"论也是贯穿全书,《序志》批评"魏《典》密而不周,陈《书》辩而无当,应《论》华而疏略,陆《赋》巧而碎乱,《流别》精而少巧,《翰林》浅而寡要",却又不无自负而自信地说,"岂好辩哉?不得已也"。那么,他不同于他人的立论方法就在于"弥纶群言","同之与异,不屑古今;擘肌分理,唯务折衷"。但是,他又并非不偏不倚,骑墙式地"折中",而是"及其品列成文,有同乎旧谈者,非雷同也,势自不可异也;有异乎前论者,非苟同地,理自不可同也"。其"中道"的核心还在"势"与"理"。①

张先生的意见分析与举证都很充分,但是相对来说比较绝对。似乎只有因明理论才有演绎推理,而中土典籍中缺乏演绎推理。其实,只要看看《孟子》一书中那些层层设问、层层论难的论辩场面所使用的所谓台阶法、预设法、以诡对诡法,无一不是思维严谨演绎推理的结果。不仅儒家,在墨子说公输班与楚王的论辩中、在烛之武退秦师、触龙说赵太后、毛遂自荐说楚王、邹忌讽齐王纳谏等等案例中,哪一个不是推理演绎极为精彩的例子?更不用说苏秦张仪、范雎蔡泽、韩非李斯这样的纵横高手与文章高手了。以为外来的思想才能孕育出《文心雕龙》,那么,这样的说法至少是片面的,是以偏概全的。

　　笔者绝不否认"博通经纶"的刘勰,会运用佛学思维与龙树"中道"观念于写作中去;而是觉得,只是这样片面地论述刘勰思维方法论的来源,本身就是偏执一端,而不是"折中""圆照"的研究。《文心雕龙》所述,尽是我国的文化与文学,那么,在刘勰之前已历经上千年而且体系完备的中国传统文化中和之美与中道思想,难道就没有对《文心雕龙》的思维方法发生过影响吗?这显然是不可能的。事实上,刘勰标举儒家思想,孔子"中庸之道"、孟子"中道"思想、荀子"中道"理论、《周易》"分而为二"、《中庸》"执两用中"之说,势必影响到《文心雕龙》的折中说;道家诸子中,老子"反者道之动"、庄子"中道""中和"的辩证思维方法与经典个案的具体运用,反复地出现在《淮南子》书中,顺流而下,《文心雕龙》体现了重要的道家"中道"思想;儒家道家共举的古代音乐美学中和之美的原则,也是刘勰进行取法的重要对象。笔者以为,这些才是刘勰思维方法与折中方法论之根本所出。我们怎么能够无视道家严谨的辩证思维逻辑、儒家中道思维理论、兵家重度原则的存在与运用的事实呢?难道刘勰就只看过佛经,完全不知道传统文献,或者说他只采用古代文献的理论与内容而无视这些文献的写法组织,他就能写出内容完全中国化的《文心雕龙》?经具体分析,我们可以看到:《文心雕龙》从句子生成、语段篇章、体例结构层层体现出来的正反对比、顺向铺排、正反相

---

① 张辰:《刘勰美学思想发微》,《内蒙古大学学报(社会科学版)》,1995年04期。

合等论述技法，与《孟子》《荀子》《庄子》等经典文献有巨大的相似性，甚至句法段篇的论述技法几乎完全一致，这当然不会是偶然的巧合。

在中国传统文化中，中道思想是贯通各家的重要思想方法论。儒道两家的中道思想自不待言，就以最为推崇"诡道"的兵家思想为例，也处处体现出了中道适度、物极必反的哲学理念。《孙子兵法》之所以体系严密，一个重要的原因就在于著者论述了至少十对相反相成而又取其中和之度的作战原则。这十对对立统一的原则是：第一是义与利的关系，第二是力与谋的统一，第三是常与变的统一，第四是物与我的统一，第五是虚与实的统一，第六是利与害的统一，第七是迂与直统一，第八是事与节的统一，第九是全与偏的统一，第十是知与行的统一。十组对立统一，实际上给我们提供了这样一个信息：它是用兵的真艺术，人生的大智慧。《孙子兵法》包含了非常多的矛盾对立统一关系，这些看似矛盾的范畴，最后升华为战役战术理念与人生的大智慧。之所以得到这样的协调解决，就是因为并不死守两端，而是主张从对立的两极往中间运动，取其中和适度的量而用之。比如第八组范畴，是关于事与节的统一，孙子特别强调：担任将领、统帅三军、指挥作战、与存身之道需要运用中庸适度的原则。虽然《孙子兵法》书上没有提到"中庸"这个词，中庸是儒家提出来的，但是两家的原则是一样的。中庸是把握适度的分寸，这个适度的分寸是非常重要的作战原则。孙子认为，凡事"过犹不及"，就算是很好的东西做过头了，也会走向事物或道理的反面。《九变篇》讲到了作为将领常犯的五种错误和危险：第一个危险是"必死"，将军一定应该不怕牺牲，那么就"可杀也"，就会被敌人杀掉；第二是"必生"，要是想保存自己，则此将"可擒也"，会做敌军的俘虏；第三是"愤术"，将领爱生气，脾气很暴躁，容易被别人侮辱；第四是"廉洁"，有好名声，那么人家也可以让你难受；最后一条，叫"爱民"，本来爱护老百姓，那是好事情，孙子说"可烦也"，敌人可以骚扰得他不得安宁。实际上孙子在这里讲的就是对度的把握的问题。我们都知道，不怕牺牲、善于保全、爱好名节、同仇敌忾、爱护百姓，都是一个将军非常好的品德；问题就在于这五条原则上面都多了一个字，叫"必"，做过头了，偏执一隅之见，就会走到事物的反面。古代典籍中的这种对立统一的矛盾论述，《孙子兵法》只能算是并不清晰的小儿科，在《庄子》《荀子》等运用纯熟的著作中则俯拾皆是，举不胜举，《文心雕龙》对于许多问题的论述，都是这样来进行的。同时，《庄子》《荀子》中大量的顺向铺排，或正或反，更是《文心雕龙》一直使用的论述技法。看到这样的句段篇章，我们就不会再只是从佛典中去找依据。（详见笔者《<文心雕龙>折衷思维论》一文）

上述几方面的问题，其共同特征是研究者只向佛典取材，而忽视传统文献。以此为出发点，无论如何，《文心雕龙》都会处处显现出佛典的影响来。这是从整体上来说的；以下的几个问题，则是从具体运用的角度来说的，争论仍然不休不止。

5. 佛教语源

第五是佛教语源之争。《文心雕龙》使用了个别的佛典语汇，这些语汇被研究者反复提及，甚至无限放大，提出了"以佛统儒"（马宏山）、刘勰的文学思想是追求"般若之绝境"（邱振中）等说法。仔细考究，《文心雕龙》中真正的佛学术语只有一个，这就是《论说》篇的"般若"一语；刘永济、牟世金、王运熙等先生认为"圆通"一词也是出自佛典。关于《文心》一书中"般若"或"圆通"的佛学术语是否可以证明刘勰以佛家思想论文一说，牟世金先生以为："《文心雕龙》中佛家词语不多，主要是它讨论的内容决定的。刘勰写此书既不是为了宣传佛教，也不是参加当时哲学上的争论，而主要是总结文学创作经验，进行文学评论，因此，虽然在必要时并不回避佛教思想的'混入'，却也没有必要把佛教思想强加进去，甚至要'以佛统儒'。"① 但是，有的研究者就此衍生开意见，认为凡是带有"圆"这一术语的，都是来自于佛典。进一步，凡是带有诸如"悟""智""慧""了""空"等术语的地方，尽是佛典语源。这当然是错误的。仅以"圆"为例，中国古代的文献典籍中早就有了多义、普遍的运用，时间远在佛学东渐之前，比如《孙子兵法》《庄子》等书。这样的例子不胜枚举。论略。

6. 佛学理论

第六是关于具体的文学理论之争。有研究者认为，《体性》篇论述的"心性"思想，是源自于佛家的；《原道》之"道"，本是道家之"道"，有的研究者论证得出"道"指的是佛道（马宏山），有的研究者认为这个"道"是化合了儒、道、佛的三教合一的产物（张文勋）；复次，还有研究者认为刘勰的最高文学标准是"般若绝境"（邱振中），等等。上述意见中，争论较大的是"佛道"说与"绝境"论。前者已在三十年前的论争中被证伪；同样，关于"般若绝境"就是刘勰最高的文学标准的说法，也是不能成立的。详细论述见下文。"般若绝境"是刘勰对王衍与裴頠玄学"有无之辨"的合观统照，刘勰认为合观更好一些，不论是"有"是"无"，最后都将归于"空无"，何必偏执地争论不休呢？这个意见，并不是说"有无之辨"已经是文学发展的较高层次，而以"般若绝境"来统摄之，那么，照此推论，就一定会再次出现"以佛统儒"的说法。玄学之"无"，源自于道家"虚无"之论，与佛家"空无"的观念并不一致。"虚无"是一种"存身之道"的哲学思

---

① 牟世金：《文心雕龙译注》，济南：齐鲁书社，1996年，第13页。

想、处事原则、养身理论，也就是以"虚静""心斋"的方式，外保性命而内修智慧的方法论，强调的是避世隐身、全身全性之道。"空无"是世界万物皆归之于空，思维物质皆归于无的理论。文学显然不是归之于"空无"的东西，而是由内到外、从无到有、"沿隐至显"的实体艺术。《文心雕龙》全书论述文学的起源、体裁、创作、鉴赏、风格、作家作品与发展变化等，这些方面全部指向如何创造文本这个实体存在之物，而不是指向空无的寂灭之境。实际上，刘勰用"般若绝境"，就是《定势》篇里所说的"兼解具通"的折中方法论，主张合观"有无"，并非归向于"无"。《定势》篇在论述文体风格的时候指出，对于刚柔不同的文风、对于奇正不同的风格，都要注意全面地掌握和判断，不要偏执于自己的喜好而忽略风格的两面性或多样性，因此提出"兼解具通"之说，告诉作者在写文章的时候，如何做到文风的正确创造，在鉴赏的时候，如何做到对不同风格文章的正确评价。

7.《灭惑论》研究

在上述问题都不的成立的情况下，有的研究者又从外围问题开始发难。比如，认为刘勰的著作尚有《灭惑论》等文献存世，通过《灭惑论》可以窥见《文心雕龙》的思想取法。研究者有的认为《灭惑论》是写于《文心雕龙》之前的，如杨明照、张少康先生；也有认为《灭惑论》写于《文心雕龙》之后的研究者则有牟世金、王元化等先生。不管《灭惑论》写作的时间如何，各家一致认为《灭惑论》体现出了三教合一的思想倾向与维护佛家的立论宗旨，王元化先生还提出这是因为刘勰意欲遵循皇命的时代背景所致。这些讨论使得研究者认为《文心雕龙》不可能不具有佛学的影响。有的研究者据此提出刘勰早年与中年的思想是没有发生过变化的，因此《文心雕龙》也是三教合一思想的产物（张少康）。杨明照、王元化、王运熙等先生则认为二者思想、内容、宗旨均不一致，《灭惑论》有较多的佛学思想，而《文心雕龙》没有。还有的研究者完全不谈《文心雕龙》，仅仅以《灭惑论》有佛学思想，就以此来论述《文心雕龙》的佛学思想渊源。详细对比《文心雕龙》与《灭惑论》的内容，杨明照等先生的意见是正确的。

8．史传研究的旁证

《灭惑论》毕竟文章可见，二者对比，不难发现真相何在。但是另一种佛学影响说则完全无法对证，完全只能凭空言说。研究者根据《梁书》《南史》两书《文学传》的说法，认为刘勰"博通经纶"，读了大量的佛典；刘勰在定林寺编过经书，并且"区别部类"；刘勰"为文长于佛理"；刘勰为亡故高僧与名刹大寺写过若干碑文；沈约评价刘勰"深得文理"，昭明太子对刘勰"深爱接之"；凡此等等，成为佛学影响《文心雕龙》、甚至佛学思想指导《文心雕龙》的重要证据。也就是说，刘勰读的书、编的佛经、写的文章、善写文章的令名，都是以佛典为核心体现出来或得来的，这样的研究文章不下一百篇。既然如此，那么，刘勰怎么可能不在《文心雕龙》中自觉或不自觉地流露、体现、运用出佛学思想来呢？笔者对此持理解支持的意见，同时也提出自己的几点思考：

其一，刘勰"为文长于佛理"，这个"为文"，指的是什么"文"？是碑文、经文《出三藏集记》的序文，还是《文心雕龙》？从两书《文学传》的记载来看，有两种理解：一是前者，二是泛指刘勰善写文章。不论在这两层意见中取哪一种说法，都不是指《文心雕龙》，或者不是专指《文心雕龙》。所以，据此推论《文心雕龙》也是"长于佛理"的说法，是以点带面的理解。

其二，刘勰"博通经纶"，反映他的博学多识，与《文心雕龙》倡导博学、博观、"精阅"、"穷照"相一致。这个"经纶"，是不是指的佛经？或者仅仅是指佛经？有没有传统文献，比如道家、儒家等诸子文献，比如历代以来的文学作品、史书传记、文学理论著作等等？翻阅《文心雕龙》一书，这个问题是可以得到肯定地回答呢，还是继续认为刘勰只是博通佛典之"经纶"？

其三，沈约评价《文心雕龙》，认为"深得文理"，《梁书·文学传》载《刘勰传》，其说曰："初，勰撰《文心雕龙》五十篇，论古今文体，引而次之。……既成，未为时流所称。勰自重其文，欲取定于沈约。约时贵盛，无由自达，乃负其书，候约出，干之于车前，状若货鬻者。约便命取读，大重之，谓为深得文理，常陈诸几案。然勰为文长于佛理，京师寺塔及名僧碑志，必请勰制文。"《南史·文学传》所载与之近似，不再赘录。有研究者于是以为沈约赞刘勰所著之《文心雕龙》"深得文理"就是后句中"为文长于佛理"的意思。连沈约这样的大家都开始称赞刘勰"深得文理"是源自佛典浸染，那么，佛学影响《文心雕龙》，还有什么好说的呢？其实，这个问题是不能成立的。

首先，对于"文理"含义的理解，有如下几层意思：

一是指礼仪。《荀子·礼论》："文理繁，情用省，是礼之隆也。文理省，情用繁，是礼之杀也。"汉桓宽《盐铁论·论功》："匈奴无城廓之守……上无义法，下无文理，君臣嫚易，上下无礼。"宋王禹偁《籍田赋》："武功以成，文理以定。"二是指条理。《礼记·中庸》："文理密察，足以有别也。"《汉书·高帝纪下》："南海尉它居南方，长治之，甚有文理。"王先谦补注引周寿昌曰："文理，犹条理也。"三是指文辞义理或文章条理。宋司马光《进通志表》："文理迂疏，无足观采。"明谢谠《四喜记·双桂联芳》："圣旨到来，宋祁文理精通，第一甲进士。"《红楼梦》第二三回："单把那文理雅道些的，拣了几套进去。"鲁迅《伪自由书·不通两种》："文理总未免有点希奇。"四是指文采和道理。宋王安石《伤仲永》："其文理皆有可观者。"五是指花纹，纹理。《管子·水地》："鸟兽得之，形体肥大，羽毛丰茂，文理明著。"

宋吴曾《能改斋漫录·事实一》："吴行鲁少事内官西门军容，一日为洗足，中尉以脚下文理示之曰：'如此文理，争教不作十军军容。'"清戴名世《古樟记》："其北一枝尤奇，直入土中，大数十围，类自为一树，不属于干者。然其文理皆成龙形。"六是指病人的气色脉理。《史记·扁鹊仓公列传》："拙公有一不习，文理阴阳失矣。"七是指学科分类的文科和理科。如：文理学院；文理分科。八是指代逻辑学的早期译名。孙中山《行易知难》第三章："文理为何？即西人之逻辑也。作者于此姑偶用'文理'二字以翻逻辑者，非以此为适当也。"

显然，刘勰深得之"文理"，是指文辞义理或文章条理，也就是《文心雕龙》的论述、组织、结构、逻辑条理出色而言。从这一点来看，似乎与"为文长于佛理近似"，但是，六朝史书中记载写文章有"文理"者甚众，上至王公贵族，下至肉体凡胎，何止刘勰？其中不乏隐士、儒生、凡人，并非研读藏文的佛门子弟，也就是说，这些人的文理优备与佛理并无关系。例证如：

（1）《梁书·列传第二十一·赞》：

> 陈吏部尚书姚察曰：陆倕博涉文理。[①]

（2）《三国志·陈矫传》附其子陈本嗣传：

> 有统御之才，不亲小事，不读法律而得廷尉之称，优于司马岐等，精练文理。[②]

（3）《三国志·卷五十三·赞》

> 评曰：张纮文理意正，为世令器，孙策待之亚于张昭，诚有以也。[③]

凡数十，不一一列举。就三国与六朝史书对"文理"一词的运用来看，沈约赞刘勰"深得文理"，绝非精通佛理之故，这就是写文章组织条理或文采条理出众的意思。至于后句"为文长于佛理"之文，是特指"京师寺塔及名僧碑志"之属，与《文心雕龙》不同。二者不可混为一谈。

其四，两书皆有"昭明太子深爱接之"的说法，有论者以为昭明太子生长于佛学世家，梁武帝执政前后，都是体佛论经、以身垂范的典型，当是因为刘勰"长于佛理"之故，昭明太子才对他颇有好感并引为知音的。杨明照、王运熙等先生论述说，刘勰曾在《文选》的编撰上对昭明太子发生过影响。杨先生认为：刘勰后来担任萧统的通事舍人，他的文学思想，尤其是文学分类思想，对萧统编辑《文

---

① （唐）姚思廉等：《梁书》（影印本），北京：中华书局，1997年，第411页。
② （晋）陈寿撰，（宋）裴松之注：《三国志》，北京：中华书局，2000年，第480页。
③ （晋）陈寿撰，（宋）裴松之注：《三国志》，北京：中华书局，2000年，第929页。

选》影响巨大："昭明太子后来选楼所选者，往往与文心之'选文定篇'合；是文选一书，或亦受有舍人之影响也。"① 王运熙先生认为："萧统编纂的《文选》一书，内容多与《文心雕龙》相通，当是受到刘勰文学观的影响。"② 这个说法有道理；但是，两位先生并没有说刘勰的佛学思想与昭明太子相契合。因为《文选》之中，其体例与选文标准，看不出佛学影响之所在。太子"爱接"刘勰，完全是刘勰作为太子记室，他的本职工作——"章表奏议"这些文章写得好；或许也有刘勰文学理论综合素养高，《文心雕龙》深刻博大之故。其实，太子与刘勰，两人在文学观念上是有很大分歧的。刘勰《文心雕龙》对陶渊明只字不提（按：《隐秀》篇真伪未定，"彭泽豪逸"一说，暂不采纳），而昭明太子为陶渊明编辑诗集文集，为陶渊明作传记，在《文选》中选录陶诗数首，对其相当之重视，评价甚高；另外，《文心雕龙》绝口不谈谢灵运、鲍照等"宋来才英"，而太子甄选甚多——二人意见相差何其之大！这实际上是刘勰征圣、宗经文学思想的弊端——站在复古文学立场、站在贵族文学立场所带来的限制以及对文学新变的认识不足所致。说太子"深爱接之"，是对刘勰才华的赏识，不一定就是指二人文学理论的知音共鸣，更不见得就是因为以佛学为中介的缘故。据史书记载，昭明太子喜欢"引纳才学之士，赏爱无倦"。所以他身边团结了一大批有学识的知识分子，经常在一起"讨论坟籍，或与学士商榷古今，继以文章着述，率以为常。"《南史》本传称"于时东宫有书几三万卷，名才并集，文学之盛，晋、宋以来未之有也。"刘勰正是在这样的背景下受到太子欣赏的，与他的佛学修养关系不大。

　　陶渊明生前和身后 90 年间，其作品默默无闻，几乎亡佚。之后，仅《诗品》列为中品。陶渊明逝世百年后，萧统收录陶渊明诗文并编纂成《陶渊明集》，是为我国第一部文人专集。萧统亲为陶集作序，《陶渊明集序》高度赞扬陶渊明人格与作品。自始，一个伟大的诗人和一集伟大的作品才得以面世。

　　萧统 (501—531)，字德施，小字维摩，南朝梁代文学家，南兰陵 (今江苏常州) 人，梁武帝萧衍长子、太子，是中国文学史上有重大贡献的文章选家，其功绩有二：一是主持编纂我国第一部文章总集《文选》，以选家独到的眼光，保存了我国许多优秀文化遗产；二是在陶渊明谢世百年之后，收录了陶渊明几乎亡佚的诗文，编辑成我国第一部文人专集《陶渊明集》，并为之序。至此，陶渊明作品才植立于民族文学之林，陶渊明才"不假良史之词，不托飞驰之势，而名声自传于后"，成为我国一位伟大的文人之一。从萧统所写的《陶渊明传》和《陶渊明集序》可以看出，他对文人激赏的主要原因，在于文学才华。

---

① 杨明照：《杨明照论文心雕龙》，上海：上海科学技术文献出版社，2008年，第40页。
② 王运熙、周锋：《文心雕龙译注前言》，上海：上海古籍出版社，1998年，第1页。

陶渊明传

萧 统

陶渊明,字元亮。或云潜,字渊明。浔阳柴桑人也。曾祖侃,晋大司马。渊明少有高趣,博学,善属文;颖脱不群,任真自得。尝著《五柳先生传》以自况,时人谓之实录。

家贫亲老,起为州祭酒;不堪吏职,少日自解归。州召主簿,不就。躬耕自资,遂抱羸疾。江州刺史檀道济往候之,偃卧瘠馁有日矣。道济谓曰:"贤者处世,天下无道则隐,有道则至;今子生文明之世,奈何自苦如此?"对曰:"潜也何敢望贤,志不及也。"道济馈以粱肉,麾而去之。

后为镇军、建威参军,谓亲朋曰:"聊欲弦歌以为三径之资,可乎?"执事者闻之,以为彭泽令。不以家累自随,送一力给其子,书曰:"汝旦夕之费,自给为难,今遣此力,助汝薪水之劳。此亦人子也,可善遇之。"公田悉令吏种秫,曰:"吾常得醉于酒足矣!"妻子固请种粳,乃使二顷五十亩种秫,五十亩种粳。岁终,会郡遣督邮至,县吏请曰:"应束带见之。"渊明叹曰:"我岂能为五斗米,折腰向乡里小儿!"即日解绶去职,赋《归去来》。征著作郎,不就。

江州刺史王弘欲识之,不能致也。渊明尝往庐山,弘命渊明故人庞通之赍酒具,于半道栗里之间邀之。渊明有脚疾,使一门生二儿舁篮舆;既至,欣然便共饮酌。俄顷弘至,亦无忤也。

先是颜延之为刘柳后军功曹,在当阳与渊明情款,后为始安郡,经过浔阳,日造渊明饮焉。每往,必酣饮致醉。弘欲邀延之坐,弥日不得。延之临去,留二万钱与渊明;渊明悉遣送酒家,稍就取酒。尝九月九日出宅边菊丛中坐,久之,满手把菊,忽值弘送酒至;即便就酌,醉而归。渊明不解音律,而蓄无弦琴一张,每酒适,辄抚弄以寄其意。贵贱造之者,有酒辄设。渊明若先醉,便语客:"我醉欲眠,卿可去!"其真率如此。郡将尝候之,值其酿熟,取头上葛巾漉酒,漉毕,还复著之。

时周续之入庐山,事释慧远;彭城刘遗民亦遁迹匡山,渊明又不应征命,谓之浔阳三隐。后刺史檀韶苦请续之出州,与学士祖企、谢景夷三人,共在城北讲礼,加以雠校。所住公廨,近于马队。是故渊明示其诗云:"周生述孔业,祖谢响然臻;马队非讲肆,校书亦已勤。"

其妻翟氏亦能安勤苦，与其同志。自以曾祖晋世宰辅，耻复屈身后代，自宋高祖王业渐隆，不复肯仕。元嘉四年将复征命，会卒。时年六十三。世号靖节先生。

附录二

陶渊明集序

萧 统

夫自炫自媒者，士女之丑行；不忮不求者，明达之用心。是以圣人韬光，贤人遁世。其故何也？含德之至，莫逾于道；亲己之切，无重于身。故道存而身安，道亡而身害。处百龄之内，居一世之中，倏忽比之白驹，寄遇谓之逆旅，宜乎与大块而盈虚，随中和而任放，岂能戚戚劳于忧畏，汲汲役于人间！齐讴赵女之娱，八珍九鼎之食，结驷连骑之荣，侈袂执圭之贵，乐既乐矣，忧亦随之。何倚伏之难量，亦庆吊之相及。智者贤人，居之甚履薄冰；愚夫贪士，竞之若泄尾闾；玉之在山，以见珍而终破；兰之生谷，虽无人而自芳。故庄周垂钓于濠，伯成躬耕于野，或货海东之药草，或纺江南之落毛。譬彼鸳雏，岂竟鸢鸱之肉；犹斯杂县，宁劳文仲之牲，至于子常、宁喜之伦，苏秦、卫鞅之匹，死之而不疑，甘之而不悔。主父偃言："生不五鼎食，死则五鼎烹。"卒如其言，岂不痛哉！又楚子观周，受折于孙满；霍侯骖乘，祸起于负芒。饕餮之徒，其流甚众。

唐尧，四海之主，而有汾阳之心；子晋，天下之储，而有洛滨之志。轻之若脱屣，视之若鸿毛，而况于他人乎？是以至人达士，因以晦迹。或怀厘而谒帝，或披褐而负薪，鼓枻清潭，弃机汉曲，情不在于众事，寄众事以忘情者也。

有疑陶渊明诗篇篇有酒，吾观其意不在酒，亦寄酒为迹者也。其文章不群，辞彩精拔，跌宕昭彰，独超众类，抑扬爽朗，莫之与京。横素波而傍流，干青云而直上。语时事则指而可想，论怀抱则旷而且真。加以贞志不休，安道苦节，不以躬耕为耻，不以无财为病，自非大贤笃志，与道污隆，孰能如此乎？

余爱嗜其文，不能释手，尚想其德，恨不同时。故加搜校，粗为区目。白璧微瑕，惟在《闲情》一赋，扬雄所谓劝百而讽一者，卒无讽谏，何足摇其笔端？惜哉！亡是可也。并粗点定其传，编之于录。

尝谓有能观渊明之文者，驰竞之情遣，鄙吝之意祛，贪夫可以廉，懦夫可以立，岂止仁义可蹈，抑乃爵禄可辞，不必傍游太华，远求柱史，此亦有助于风教也。

萧统受业于文坛领袖沈约，又与当时著名文学家文艺理论家刘勰、钟嵘、刘孝绰、王筠等交往密切。《南史·卷五十三》载："太子生而聪睿，三岁受《孝经》《论语》，五岁遍读《五经》，悉通讽诵。……读书数行并下，过目皆忆。"同传描写东宫文学盛况："（太子）引纳才学之士，赏爱无倦，恒自讨论坟籍。或与学士商榷古今，继以文章著述，率以为常。于时东宫有书几三万卷，名才并集，文学之盛，晋、宋以来，未之有也。"名师教诲，天资聪睿，自小铺就深厚文学功底；结纳一流文士，砥砺切磋，形成他敏锐而又深远的文学眼光。

萧统论文，主张形式内容并重。在《答湘东王求〈文集〉及〈诗苑英华〉书》里说："夫文典则累野，丽亦伤浮。能丽而不浮，典而不野，文质彬彬，有君子之致，吾尝欲为之，但恨未逮耳。"他欲以高雅而又深沉的内容，质朴的风格和优美的文辞来矫正时弊。时天下纷争，人心动乱，文章内容空虚，形式浮华。陶渊明与世无争，心气平和，诗文质朴率真，"此翁岂作诗，直写胸中天"（元好问《继愚轩和党承旨雪诗》），文辞"质而实绮，癯而实腴"（苏轼）。陶渊明诗文的确"文质彬彬"，有"君子之致"，正符合萧统的文学理念。为之编集序文，不单出于个人爱好，更有助风教。

这里还要特别指出的是，萧统不怀信仰偏见，有严谨的治学态度。陶渊明受庄子唯物主义自然观影响，基本上是个唯物主义者。而萧统则是一个有神论者，他和神仙道教有极深的家世渊源关系，又是一个虔诚的佛教信仰者。原来，萧统的父亲梁武帝早年信奉神仙道教，后虽改宗皈依佛门，却仍是三教兼弘。萧统的老师沈约也是一个世代相传的道教徒，至死信奉神仙。萧统是一个虔诚的佛教徒。《南史·卷五十三》载："（梁武）帝大弘佛教，亲自讲说。太子亦素信三宝，遍览众经，乃宫内别立'慧义殿'，专为法集之所，招引名僧，自立三谛法义。"《昭明太子集·令旨解三谛义》就是记载萧统答各寺名僧咨"真谛"、"俗谛"之义旨的文章。可是陶渊明《饮酒》诗直斥佛教因果报应说不过是"空言"而已。《形影神》则是批判佛教大师慧远《形尽神不灭论》《万佛影铭》等佛教义理的著名的"神灭论"文章。《形影神》还说："诚愿游昆华，邈然兹道绝。"直斥神仙道教的虚伪性。然而，萧统都忠实地把这些作品编录入集，这在那个思想斗争异常激烈互相攻讦落难的时代是多么难能可贵。

笔者以为，佛学思想对《文心雕龙》是有影响的，在个别问题的讨论，比如玄学"有无之辨"的争论上，刘勰用佛学"般若绝境"来化解之；在其他地方偶尔出现佛学用语，比如"圆照"等等；在写作组织上，我们不可能否认熟知佛典的刘勰，没有运用过佛典思维或组织结构于《文心雕龙》的写作中。这些都是肯定存在的。但是，这些存在，是处于次要的地位的，无论在全书的理论比重、理论地位还是理论影响上，佛学思想是无法与儒家、道家、纵横阴阳、甚至法家或兵家思想相媲美的。笔者此说，建立在忠于原著的分析论证基础之上，并非歧视佛学的信口雌黄。

（四）综合意见说

持有这类意见的研究者认为，刘勰的思想兼备数家，《文心雕龙》本身也带有折中众说的意味。这类意见的代表有周勋初、王运熙、张少康等先生。

周勋初先生《刘勰的主要研究方法——"折衷"说述评》一文，这是研究刘勰方法论较为深入全面的一篇文章。作者认为："刘勰主要研究方法，正是从儒家学术和玄学中得来的。"同时，该文并不否定佛学的影响。又指出："但他运用的主要研究方法，则应当如《序志》篇所说的，出之于儒。"周先生认为折中的具体方法主要包括裁中、比较、兼及三项内容；认为《文心》论文有纵、横两个方面。《情采》着重于横，《通变》着重于纵。将刘勰视为折中派，以与当时（齐梁）裴子野等守旧派和萧子显、萧纲等趋新派相区别。① 这一论说又见于周先生另一篇文章《梁代文论三派述评》。《述评》指出："刘勰曾经介绍过自己的论文要旨：'擘肌分理，唯务折衷。'所谓折中，就是分析同一事物矛盾着的两端，较其得失，然后取其所长，弃其所短，融合成为一种较全面平稳的理论。这种做法虽有时不免流于调和，但若处理得当，则其中确可包含若干辩证法的因素。"② 这是认为刘勰折中思想出于儒家的主要代表论文。同时，《述评》一文指出了刘勰折中方法论"包含辩证法的因素"，这个认识已经超越了单纯的儒家思想的范围，而涉及传统文化的哲学思想与辩证思维。

王运熙先生《刘勰文学理论的折中倾向》一文对当时文论派别也分三派，王先生认为对永明文学及其以后文学的"新变"现象，可分为反对派、赞成派与折中派，以裴子野等为反对派，沈约、萧子显、萧纲、萧绎等为赞成派，而刘勰与钟嵘、萧统等为折中派。③ 周、王两位先生将齐梁文论派别三分的论述，虽然具体划分稍异，但意见基本相同，其立论的基点，是齐梁时代广阔的社会风尚与文学理论背景，刘勰的"折中"论产生于这个时代，符合这个特殊时代的特殊审美风气。

张少康先生在《擘肌分理，唯务折衷——刘勰论＜文心雕龙＞的研究方法》一文中认为：应该从释、道、儒三教会通的角度看问题。并认为刘勰的折中论主

---

① 周勋初：《周勋初文集》第三卷《文史探微》，南京：江苏古籍出版社，2000年，第110—137页。
② 周勋初：《周勋初文集》第三卷《文史探微》，南京：江苏古籍出版社，2000年，第79—102页。
③ 王运熙：《文心雕龙探索》（增补本），上海：上海古籍出版社，2006年，第243—252页。

要表现为三个方面的内容，一是强调"识大体"、"观衢路"；二是强调"圆通"、"圆照"；三是强调善于"适要"、"得其环中"。①这种融合三教的看法，在张少康先生《中国文学理论批评史教程》里也有所分析，《教程》指出："刘勰的思想是以儒家为主而兼有佛道思想。""他的《文心雕龙》虽然儒家思想比较突出，但在创作思想上则受老庄道家思想影响很深，而在论述方法和全书严密的逻辑体系方面又表现出了佛学思想的明显影响，贵在'圆通'。""清代刘毓崧《通谊堂文集·书文心雕龙后》一文对此有很精到的考证和分析，他的说法是可信的。"②张先生的意见，其实是主张儒家为体，道佛为用；而在《文心》全书的论证组织及其方法选择上，体现了佛家为主的印迹。

上述儒家主导、道家影响、佛学影响、兼综数家的四大类意见，代表了截至目前"龙学"界对《文心雕龙》思想归属及其来源的研究面貌。从中，我们可以看到几个有趣的现象：第一，不管是儒家核心说、佛家影响说还是兼综数家说，都指出了《文心雕龙》和佛学典籍有密切的关系；研究者不管是否认同《文心雕龙》有无佛学思想或佛学思想是否明显，但一致认同其写作组织受到了佛典的影响；范文澜、刘永济、杨明照、王运熙等先生均有类似意见。第二，有的研究者先后持有不同的论述意见。比如张少康先生，曾主张兼综数家之说，新近以来，又力主刘勰"折衷"方法论源于龙树"中道"观，与中土学术思想并无关联。这种现象表明了"龙学"研究的深入发展趋势。第三，许多研究者的看法前后矛盾，相互抵牾，比如范文澜先生。既主张纯粹儒家说，有提出佛典全面影响的意见，引起无数纷争。笔者以为，这些问题所体现的矛盾，主要是顺着"佛学影响"的思路产生的。因此，又必须讨论到著者刘勰的思想与他的特殊身份的关系，只有这样，才可能回答《文心雕龙》的文学思想究竟是什么的问题。而这样的讨论已经有了很多。

（五）刘勰个人思想论

除了《文心雕龙》的思想来源，研究者还对刘勰本人的思想进行了讨论。对于刘勰青年时期与中晚年时期思想是否前后一致的问题，也有多种说法。杨明照先生等人认为刘勰青年时期信奉儒家，期盼积极入世，后期则以佛家为主；王元化先生等人认为刘勰早期思想以儒家为主，中晚年则以三教融合为主；张少康先生则认为刘勰早期思想与中年思想都是"三教合一，前后一致，没有变化"的；

① 张少康：《文心雕龙新探》，济南：齐鲁书社，1987年，第256—265页。
② 张少康：《中国文学理论批评史教程》，北京：北京大学出版社，1999年，第119页。

牟世金先生认为刘勰生活于儒教衰落、佛学兴盛的齐梁年间，他"自幼深受佛教洗礼"，"在写《文心雕龙》之前，已'为文长于佛理'，到写《文心雕龙》的时候，他的佛教思想不可能绝然中止；问题只在于刘勰怎样处理他满脑子已有的佛教思想。"这样，关于刘勰思想的研究，整体看法是：刘勰一生主要信奉佛教，在青年时期渴望入世致用，所以在写作《文心雕龙》时以儒家思想为主。

上述意见的得出，主要是研究者根据《梁书》与《南史》的刘勰本传、刘勰流传下来的著作以及当时的时代风气、僧家传记等资料辗转互证得出的。其中，最重要的研究思路是进行《文心雕龙》与《灭惑论》的比较研究。研究者以刘勰《灭惑论》为重要的理论出发点，结合《文心雕龙》进行了若干对比或相似研究。据此，讨论到刘勰《灭惑论》的写作时间是在《文心雕龙》之前还是之后，又讨论到《灭惑论》三教合一的思想倾向与《文心雕龙》思想倾向之间或异或同的联系。这样的研究一分为三：一种声音认为《灭惑论》与《文心雕龙》思想不同，二者写作目的与理论差异很大；另一种声音认为《灭惑论》与《文心雕龙》理论相似度很高，都是刘勰"三教合一"思想的产物；第三种意见看到了《灭惑论》的写作背景与佛学思想，于是"推定"同一作者所写的《文心雕龙》含有很多的佛学思想。这三种意见之间，不同研究者的考证、比较与论述，其差异之大，往往令人怀疑这是不是对同一本书所作的研讨结果。仅以各家对《灭惑论》写作时间的考证为例，成书于《文心雕龙》之前与之后的两类意见，就有一二十年的时间差，并且都是有理有据的。

这样的比较研究，或者称之为对刘勰思想的集合研究，如果以"《文心雕龙》"为出发点、为核心，当然是好的；但是如果以"刘勰"为核心，则显然是值得商榷的。从上述"结合"研究的多数成果来看，不仅不能将"《文心雕龙》"的思想讨论清楚，反而因为问题拓展到了两结合之后的"刘勰"之故，使"《文心雕龙》"这个核心退居次要位置。许多研究成果忽视《文心雕龙》本书的论证，以《灭惑论》的思想融入、对应、甚至代替《文心雕龙》的思想。比如有一篇研究"《文心雕龙》受佛学思想影响的文章，撇开正题，主要去分析"刘勰的佛学思想"与《灭惑论》的佛学思想"，这恐怕是并不正确的。

研究者之所以要结合《灭惑论》，主要是要"知人论世"，主张文如其人，看到了刘勰进寺庙、编经书、写碑文、最后当和尚所演绎的"佛教人生"的一面，欲以此来讨论《文心雕龙》与佛学思想这一难题。这个难题包含三层意见：一是《文心雕龙》内容上有无佛学思想？二是如果有，佛学思想对《文心雕龙》的文学理论有没有产生影响？三是佛学思想对《文心雕龙》的影响，究竟是居于主要地位呢，还是居于次要的地位？对前两个问题，依据《文心雕龙》本书内证，可以得到肯定的回答：《文心雕龙》书中有佛学思想，刘勰在极个别问题的讨论上运用过，所以佛学思想产生过影响。对第三个问题，争论意见就开始大起来。有的研究者认为，既然书中有佛学思想，刘勰也使之发生过影响，于是盯住这种极个别的影响深挖下去，这些影响便逐渐被放大、扩大、弥漫开来，甚至到了全书都是佛学思想影响、并且刘勰引之为极则的程度。

另外的一个原因也对此推波助澜：学界几乎是异口同声地一致认同《文心雕龙》一书在写作组织、体例结构方面全方位地受到了佛学思维、佛典逻辑的影响。这种认同的原因是：中国传统思维下写出来的古籍文献、学术论文没有多大的逻辑性、条理性与深刻性。这种认识当然是片面而有失公允的。但是，因为这样的一致认同，加剧了部分学者无视《文心》内证，偏执地进行佛学思想对《文心》全面渗透的研究，并且借助《灭惑论》的论述，提出刘勰的文学思想、折衷方法论、文学绝境说、圆通圆照观、心、性、奇、正与数字运用等通通来自佛学的论说。上述"知人论世"的研究法，其短处在于研究者没有看到刘勰入寺的目的，著书的目的，依附僧佑、拦道沈约的目的，以及在梁代做官三十余年、死前一年方才出家的"非佛教人生"并以之为主的这一面的事实。最主要的，是部分研究者往往只看到佛典上有这些东西，忽略、脱离、无视《文心雕龙》本身的论述，简单比附或片面强说而成。"知人论世"原本是为了更好地研究作品本身，而不是为了只停留在"论世知人"这个不涉及作品的外围层面上。

（六）《文心雕龙》思维方法论

与《文心雕龙》思想研究联系紧密，一个非常热门的问题是对刘勰思维方法论及其渊源的研究。对此，研究文章层出不穷，各家提出折中方法论、辩证思维论、综合认识论等三大类不同的说法，整体上呈现出互不相谐的现象。

第一类是折中方法论，这是刘勰思维方法论的主流意见。研究者论述到了刘勰为文条分缕析、公正深刻的问题，认为除了受到佛典逻辑思维的影响，另一个原因是他所采用的"惟务折中"的方法论在起作用。王运熙、张少康等先生都对此有代表性的论述文章。对刘勰思想方法论的主要分歧与争论，是在折中方法论究竟是源出儒家还是佛家。就目前的研究成果来看，可以分为四类：一是源出佛家，这一意见相对居于上风;这种意见以张少康先生为代表，认为主要是龙树"中道"思想影响了刘勰,应者众多。二是源出儒家,这类研究意见以李平先生为先导，认为刘勰是运用了"允厥执中"的传统方法论来论文。第三类是不谈儒佛，从六朝文论时代整体面貌的角度提出折中意见，周勋初、王运熙等先生则将南朝文论以文质关系为标准分成三派，认为刘勰属于折中一派，文质并重。第四类是折中诸家，合观综论；这类研究者认为刘勰论文的思想方法，首先是受到佛家中道观的影响，其次吸收了儒家的中道思想，同时还吸收了墨家形式逻辑的成果，是化合这些理论来论文的；这种意见带有调和众说的意味，代表人物是张辰先生。

第二类是辩证思维论。新近，张长青先生在《文心雕龙新释》中总结性地提出了"辩证思维说"，认为是我国传统的道家、儒家、兵家共执的辩证方法在影响刘勰。张先生的意见是："从刘勰天人合一的宇宙观和方法论来说，我们可以把刘勰《文心雕龙》的研究方法，归并于中国传统哲学中的辩证思维。""我们的祖先很早就注意到从两点论的角度看待世界，而不是一点论。以阴阳范畴为核心，在文化的轴心时代先秦时期，我国就形成了三个辩证学说系统。第一个系统是道家的'贵柔'辩证法，以老子为代表；第二是兵家的'尚刚'的辩证法，以孙子为代表；第三个是儒家的'执中'辩证法，以《易传》为代表。先秦哲学家奠定的辩证思维基础，为后代的学者所继承，形成中国哲学注重辩证思维的传统。"①张先生认为，刘勰正是吸收并运用传统的辩证思维与"贵柔"、"尚刚"、"执中"辩证方法来进行《文心雕龙》文学理论观点的论述的。还有的研究者指出：刘勰的"折衷"论，不仅出自佛家，还有道家的"枢中"观念；而尚"中"思想是我们的重要的文化传统精神。不能从儒道释三教尚"中"与用"中"之思想的交融会通角度，去深入研究，立论本身就不够"圆通"，而且也是与刘勰主张"折衷"、"会通"的精神不相符合的。这种意见也可称之为辩证思维论。

第三类是综合方法说。这类意见是不点明刘勰思想方法论出自何家，只论述其优点，以杨明先生为代表。杨明先生在《文心雕龙精读·导论》中说："长于分析和综合，是《文心雕龙》的一个重要特点和优点。一般来说，我国古人论文，往往是直观印象式的，感悟式的。这种感悟常常颇有灵气，也颇为准确，但缺少细致的分析说明。《文心雕龙》却颇不相同。刘勰在概括表述时，还进行细致的分析，'擘肌分理'（《序志》），'剖析毫厘'（《体性志》）。然后在分析的基础上，将前人的观点、成果和自己的心得体会融会贯通，综合起来，组成一个秩序井然、富有逻辑性的结构体系，使《文心雕龙》呈现出此前的文论著作未曾有过、此后也难与并能的体大思精的面貌。《总术》篇有云：'圆鉴区域，大判条例。''圆鉴区域'是说凡与写作有关的各种理论、方法都要了解、掌握，'大判条例'则是说对这些理论、方法要条分缕析，使其井然有序，便于自觉运用。既求齐全，又求其细；既弥纶综合，又深入分析。刘勰正是自觉地按照这样的原则写作《文心雕龙》的。"②杨明先生的论述，主要是立足于《文心雕龙》自身的表现特点。他没有去追述这种特点究竟是出自佛家还是别家，或者是数家之合。这种方法采用

---

① 张长青：《文心雕龙新释》，长沙：湖南大学出版社，2009年，第619页。
② 杨　明：《文心雕龙精读》，上海：复旦大学出版社，2007年，第20页。

内证为据而非推证比较，有它明显的好处就是：搁置争议，只谈事实。

其实，整个《文心雕龙》的思维方法论，或者依据刘勰所说，叫"折衷"方法论，与他的"原道"思想密切相关，是折衷儒道而主要取法于儒家中庸、中道理论的。其中，以老子、庄子、孔子、孟子、荀子、《周易》《中庸》影响最大。同时，这种方法不光是刘勰用来论文的方法论武器，更是刘勰组织全书，从句子生成、语段篇章到篇目结构、全书体例一以贯之的写作思维理论。折衷思维论以正反对比、顺向铺排为基本形式，演化出正反、反正、正正、反反、正反合、反正合等基本的行文思维结构，然后折衷相合，得出新论或结论。

（七）《文心雕龙》文学美学思想论

对《文心雕龙》文学思想的研究，往往是伴随对其思想渊源、创作原则、美学思想来进行的。诸家所指，文学思想成为一个无所不包、无处不用的多功能、多含义概念。因此，文学思想究竟是什么，还没有明确的说法。所以，笔者将其放在最后来讨论。

截至目前，对《文心雕龙》文学思想的研究，呈现出如下几个特点：

第一，是与其学术思想渊源紧密联系，学术思想即成为文学思想的代称，文学思想也就与学术思想同义。比如，认为《文心雕龙》思想出于儒家的研究者会说"刘勰的文学思想"或"《文心雕龙》的文学思想"是儒家文学思想。出于佛家者类似。

第二，是文学思想与美学思想浑然不分，甚至二者相互指代。近三十年来，《文心雕龙》美学思想的研究显然处于占上风的位置，专著甚多，比如詹锳先生的风格学研究，缪俊杰、易中天先生的美学思想研究，李天道先生的审美心理研究等。单篇的论文就更不用说了，诸如对《风骨》、风格《隐秀》《定势》《情采》《声律》、《宗经》"六义"等专题的研究文章，多如牛毛。整体的特点是越来越清晰，越来越深入。但对有些问题则是越论述越混乱，仅以对《风骨》篇的研究为例，早在1990年，香港陈耀南先生就整理指出，"风骨"所指，已达六十四家之多。再经过二十多年的发展研究，有关"风骨"问题的研究文章乃至专著纷纷问世，研究视野也拓展了不少，还是没有办法讨论清楚"风骨"内涵、"风"与"骨"的关系、"风骨"与"文采"的关系等问题。有关《文心雕龙》美学问题的研究主要集中在审美风格、审美心理、审美修饰、风骨隐秀等问题上。这方面的著作与论文相当之多。相对而言，文学思想的研究则处于次要状态。

第三，是因为诸家对于《文心雕龙》学术思想的渊源问题就已经争论不休，深入分析其文学思想的著作是没有的，论文也很少。有的是如下几种情况：

一是在论述学术思想的同时，附带提及文学思想之所出或之表现，属于泛论。

二是在论述到某些争论较大的问题时，展开对《文心雕龙》整体文学思想的勾勒。比如"风骨"问题，刘永济先生以《镕裁》篇"三准"说为《文心雕龙》全书的论文准则，并以此来解说"风骨"之内涵以及情、风、气、骨、采等术语关系问题；牟世金先生则认为《文心雕龙》的主要贯通脉络是文质理论，"风骨"论是文质论的一种理想状态。

三是论说时以创作原则、贯通思想、脉络线索等说法指称，不说文学思想。黄侃先生认为《序志》论述文采之美是贯通《文心雕龙》全书的。王运熙先生认为《文心雕龙》的创作总的原则是《辨骚》篇提出来的"凭轼以倚《雅》《颂》，悬辔以驭楚篇，酌奇而不失其贞，玩华而不坠其实"，是《雅》《颂》与楚骚结合的原则，是"华实奇正"结合的原则。童庆炳先生则认为《情采》篇文质说、内容形式说是《文心雕龙》的贯通原则。

四是提出文学思想与美学思想，在二者并举的同时，以美学思想为主。戚良德先生的博士学位论文就是这样的。

笔者发现，文学思想与美学思想并存研讨现象存在的一个原因是：研究者往往将美学思想和文学思想混为一个东西，集合论述，不分彼此。诚然，文学作为一门专门的语言艺术，肯定有其审美特质，用刘勰的话来说，美是文学天然的特征："无识之物，郁然有采，有心之器，其无文欤？"因此，一些研究者认为，《文心雕龙》以美学理论为主；进一步，从文体分类的主次出发，许多研究者认为，《文心雕龙》是以论述《诗》《骚》为代表的纯文学理论为主，那么，纯文学理论伴随的审美理论研究，就是贯通全书的，于是《文心雕龙》便成为一部美学著作，所以若干审美研究专著应运而生。这当然是一个好现象，拓宽面的研究，必然带来体的深入。但是，这又引出了下一个问题，就是关于《文心雕龙》的性质问题，有的研究者认为《文心雕龙》是美学著作，有的认为是审美心理学著作，有的认为是哲学性质明显的作品，有的认为是写作学著作、文章学著作；传统的理解则认为是古代文学理论著作或文学批评著作；还有的意见模糊不清，笼统提出"写作之道"、"作文法则"、"文章精义"、"写作理论"等若干意见。其中，王运熙先生的意见较有代表性，王先生早年认为《文心雕龙》是文学理论著作，后来觉得此说不妥，修正为"论述写作问题的作文法则"。笔者同意王先生的意见，因为《文心雕龙》全书论述写作问题，从写作哲学的"文源于道"开始，论述了写作的思想标准、艺术标准、创作原则、审美原则、创作技法、主体修养、作品鉴赏、文学自身的发展规律等直接与写作相关的内部原因；同时拓展到时代政治、学术思潮、帝王影响、习染得失、为文致用等有关写作的外部因素。同时，《文心雕龙》

所谓的文学或文章，是杂文学，是杂文体，主要指的是应用文体。尽管古代应用文体带有明显的审美性和抒情性，比如陆机《文赋》等，这与西方应用文体截然不同；但是，《文心雕龙》对应用文体的研究，是以其发展先后与使用功能为主的，而不是以其审美特质为主要内容的。刘勰论述的二十篇文体论，分"原始以表末，释名以章义，选文以定篇，敷理以举统"四个部分来进行"论文叙笔，囿别区分"的工作，其主要指向，显然是在论述分体文学史及其创作得失，而不是文体美学论。因此，说《文心雕龙》不是文学理论著作，而是研究写作理论的著作，是站得住脚的。

又有研究者指出，《文心雕龙》所论述的"写作之道"，是以纯文学体裁为主的，是以《诗》《骚》传统为主的诗学理论、美学理论。这当然有一定道理，因为《文心雕龙》论述了不少以《诗》《骚》为文体代表的创作理论、审美理论、技法理论；但是，说《诗》《骚》传统代表了《文心雕龙》的文体论以及"写作之道"的文术论，是片面的。"文之枢纽"论五篇确立了儒家五经的核心地位及其在文学发展史上的思想标准与艺术标准，这就明确告诉我们，纯文学的《诗》与应用文体的《书》《礼》《易》《春秋》是并列的；《宗经》篇列出二十类源出五经的文体，只有"赋颂歌赞，则《诗》立其本"的四种是纯文学体裁，其余"论说辞序，则《易》统其首；诏策章奏，则《书》发其源；铭诔箴祝，则《礼》总其端；记传盟檄，则《春秋》为根"，主要是应用文体。"论文叙笔"部分的二十篇专论，尽管"文笔不分"，但是显然是以应用文体为主的，其主要的依据是刘勰是按照文体发展的历史先后顺序和功能大小顺序来安排文体顺序的，而不是范文澜先生所说的"先文后笔"、"有韵无韵"的顺序。下篇创作论的二十篇，《神思》论述的是所有文体写作都要面临的思维问题，《体性》论述的是从所有文体、作品、时代、作家中归纳出来的风格类型问题，《风骨》论述的是"风骨"所产生的感染力、创作法并举相如《赋》与潘勗《文》为例证明之，《通变》论述的是共时的时代文风与历时的文学发展史，《定势》囊括若干体裁的"本采"风格，《情采》则通论"正采"的主张——这几篇最核心的创作原理论，都是论述的杂文体而不是纯文学体裁，而且，应用文居于明显主要的部分。至于从《镕裁》到《总术》的十多篇，分别论述裁剪、声律、结构、修辞、修养、用典、措辞、正误、审美等若干具体写作的内外因素，仅有《比兴》《隐秀》为纯文学论，《声律》《丽辞》虽同属新兴骈文，也通用于纯文学和应用文体。而从《时序》到《程器》的"附论"部分，《时序》论述文学发展的政治影响、学术思潮等外部因素，《物色》论述文学写作的自然内容，《才略》褒贬数千年的一百多位作家作品，《知音》论述阅读鉴赏的态度与"六观"方法论，《程器》论述文武之瑕疵而主张"梓才"之目标——就更是泛论，并不专指纯文学体裁。

正是因为有这样的多样意见与丰富内容的存在，《文心雕龙》才在研究者心目中洋溢着迷人的魅力。仅仅以《序志》篇"文心雕龙"这一书名解析为例，目前最少就有十多种不同的说法，王运熙、周振甫、牟世金、黄霖、万奇等先生各自提出的意见，似乎都很有道理，都能自圆其说，又好像与刘勰本人的论述始终不相和谐一致，或不完整。

笔者以为，《文心雕龙》论述写作之道，其文学思想必然包含美学思想，美学思想是从属于文学思想的一个分支。原因如下：第一，前文已经说过，《文心雕龙》的文学概念，不是今天所谓的纯文学概念，而是杂文学观，其中与《诗》《骚》等纯文学体裁相关的理论，必然是论述美学思想较多的内容。第二，刘勰的写作哲学首先主张"文源于道"，因此提出"郁然有采"的形文、声文与"有心之器"的人文，都应该是文采华美的，顺此逻辑，这就必然使得后世文章充满了文采之美。第三，萌芽于先秦两汉而兴盛于魏晋南北朝时期重情尚美、尚丽尚艳的时代风气、文学创作实践以及文学理论的发展，必然为《文心雕龙》自身崇尚美丽精神的写作理论带来相对应的影响。第四，但是，文采之美与时代风气，仅仅只是《文心雕龙》论述的写作理论的一部分内容，而不是全部内容；在思想标准与艺术标准中，文采美与时代风气甚至只占了艺术标准的一部分，至于政治因素、主体修养、思维问题、文体理论、裁剪技法等内容，主要就不是美学问题。说写作包含美，写作体现美，写作传达美，是有道理的，但是美学问题只是文学问题中的一个部分，只是写作理论中的部分内容，这是没有疑义的。

因此，到目前为止，《文心雕龙》的文学思想是什么这一关键的问题，还没有得到圆满地回答。

上述七个方面关于《文心雕龙》思想归属及其渊源问题的研究成果，整体上呈现如下三个特点：

其一，讨论深入而矛盾频现。这显示了《文心雕龙》研究的繁盛局面，以及研究的难度。没有其他任何古代文论再像《文心雕龙》这样千年以下、百家争鸣、纷争迭出。

其二，关于《文心雕龙》思想的归属与渊源讨论，归属佛家、源出佛家的意见占据了主要比例，虽然这样的比例与"儒家主导"的事实矛盾不符。其实，源出佛家的讨论，核心就集中在《梁书》传记、时代背景、《灭惑论》、结构体例、思想方法论与个别佛学语源这六个方面。可以说，佛学有可能对《文心雕龙》产生影响的所有的方方面面，都被研究者充分论证过了。这也是这篇述评虽然主张"儒家主导"而必须将主要篇幅用于讨论佛学影响的原因。我们必须看到这样的事实：虽然《文心雕龙》并不以佛学思想为主，研究者都能做出这样深刻全面、以外证内的研究，写出数以百计的论文，并在许多专著中对这些问题加以论述——那么，"儒家主导"尽管在实际上非常坚实，但在实证上却做得非常薄弱，并没有被发掘出来、阐释出来。而且，随着《文心雕龙》美学研究的后起与兴盛，这一缺少实证的现象，正在越来越明显。所以，泛论《文心雕龙》以儒家思想为主导，但是却看不到具体的研究成果，我们拿什么来与充分丰富的佛学影响诸说相抗衡，并让后学者肯定、确立儒家思想的主导地位呢？

第三，在梳理《文心雕龙》文学思想与美学思想的研究成果之后，我们失望地发现：目前，学术界还没有《文心雕龙》到底具有什么样的文学思想或到底具有什么样的美学思想的明确意见或论述。前代的研究者只对《文心雕龙》论述的文学、美学现象或观点进行对应性的分析，并没有明确的、总结性质的、统摄性质的文学美学思想理论主张提出来。因为没有中轴与主线，以至于许多问题常常混淆不清，在点与面的论述上相互扯皮，没有办法拓展到立体整合的维度上去。《文心雕龙》论述写作之道，论述哲学理论、文学理论、美学理论，显然不可能一盘散沙地只在点与面上进行，诸家皆说《文心雕龙》"体大虑周"、"体大思精"，那么，组织这些"体""虑""思"，吸附这些哲学、文学、美学理论的中轴主线，究竟是什么主张呢？

笔者以为，解决这三个难题的最好办法，是回到《文心雕龙》本身，去分析书中自有的论述。这个思路看似繁琐简单，其实是回答《文心雕龙》思想渊源与理论主线的最好办法。

二、《文心雕龙》与诸家思想

讨论这个问题，原本按照刘勰书中经常采用的"原始以表末"的办法最为清晰，如果以历史推进为序，从前到后，可以分成先秦、两汉、魏晋六朝三个大的历史分期。但是，这三段分期之中，有的思想影响贯通始终，比如儒道两家；有的思想主要出现在特定的历史分期，比如先秦时期的兵家与法家，魏晋南北朝的佛学与玄学；还有的在思想上影响不大，但是在文体发展史上的影响举足轻重，比如阴阳家、纵横家的语言艺术特征对辞赋文学发展的影响；而谶纬图箓等神秘文化对于文学尚丽因素的影响同样存在。这就使得单纯从史的角度分析诸家学说难度重重，交织不清。因此，笔者采用"分家"区别的方法，对《文心雕龙》主要涉及的诸家学术思想与刘勰对这些学术思想的评价作一简单概述，仍以目前学术界所主张的儒、道、佛、玄、杂为基本顺序。对于六朝文论或思想，因为刘勰写成《文心雕龙》是在齐梁相交之际，故而陈代暂时忽略不计。笔者以为，不做这样的交代，前面《概述》所留下来的三个问题，均无法得到圆满解答。

前代关于诸家思想"渊源"问题的讨论，略显零散。有的研究者指出《文心雕龙》中的"自然"论，是道家思想影响的结果；詹锳、李泽厚、刘纲纪等先生的研究曾涉及诸如兵家、阴阳家等对刘勰文学理论的影响；张文勋先生则认为刘勰的原道思想，不是取于儒家、道家、佛家中哪一家之道而成，而是融合诸家，在三教合一的时代背景下借鉴而来的。事实上，依照《文心雕龙》自身的论述，其文学思想以儒家思想为主导。但是，对于先秦两汉魏晋南北朝学术思想的吸收，又绝不止于儒家一家，而是取法多家，融会贯通，汇聚一炉的。《文心雕龙》的体大思精、丰富多样、深刻无涯，也与这个特点有关。

《文心雕龙》首先主要地向先秦诸子取法，这不是偶然的，与作者刘勰"原始要终"的史学意识有关。文学发展到刘勰的时代，已经经历过上古三代、先秦两汉、魏晋南北朝几个大的历史分野，时间跨度几千年，文学作品越来越多，创作倾向从质趋文而及于讹。对于上古三代的作家、作品以及零散的文艺思想，刘勰在书中是经常谈论到而且给予很高评价的。对于汉魏六朝，在论述代表性作家作品与借鉴这一时期文论思想的同时，总体则呈现出不满的批评倾向。深刻剖析《文心雕龙》的序言、全书"枢纽论"的五篇、作为创作论核心的前六篇以及附论五篇，笔者发现，刘勰受先秦诸子思想影响至深，是以先秦诸子思想为主要理论框架来做全书的组织和论述的，也就是说，在论述写作问题的时候，《文心雕龙》是以先秦诸子文论思想为根本，而以两汉文论与魏晋南北朝文论思想为辅助的。这一点并不奇怪，因为《文心雕龙》全书以儒家思想为理论核心，而儒家文论思想是以先秦孔、孟、荀三家为基础建立起来，然后拓展新变的。在这个新变的过程中，两汉扬雄、桓谭、王充、曹丕等人成为其中的佼佼者，但思想核心仍在先秦三家。魏晋南北朝儒学衰微，间或有帝王与朝臣、学者起而拯之，意图兴复儒学独尊的地位。因此，刘勰的儒家思想根本上宗法先秦，尤其是圣人孔子。道家思想作为另一重要的思想来源也呈现出这样以取法先秦老、庄为核心，而以《淮南子》《抱朴子》为羽翼的特点。这样追溯源头，并以之为主的史学意识与向源头著作取法的经典意识，使得《文心雕龙》的理论主张在高度、深度、难度上均呈显赫深刻之势。同时，参以各家，作为儒、道之外而有益论文的重要补充。这个采摘百家的思想方法，也是来自于史学家品鉴百家的论述的，也就是说，是史学意识、务本致用思想的产物。《史记·太史公自叙》与《汉书·司马迁列传》中均谈到司马迁父亲司马谈评价先秦诸家的一段语录，兹录《史记》所载于下：

> 太史公学天官于唐都，受《易》于杨何，习道论于黄子。太史公仕于
> 建元、元封之间，愍学者不达其意而师悖，乃论六家之要指曰：

《易大传》："天下一致而百虑，同归而殊涂。"夫阴阳、儒、墨、名、法、道德，此务为治者也。直所从言之异路，有省不省耳。尝窃观阴阳之术，大详而众忌讳，使人拘而多畏，然其叙四时之大顺，不可失也。儒者博而寡要，劳而少功，是以其事难尽从，然其叙君臣、父子之礼，列夫妇、长幼之别，不可易也。墨者俭而难遵，是以其事不可偏循；然其强本节用，不可废也。法家严而少恩，然其正君臣上下之分，不可改也。名家使人俭而善失真，然其正名实，不可不察也。道家使人精神专一，动合无形，澹足万物。其为术也，因阴阳之大顺，采儒、墨之善，撮名、法之要，与时迁徙，应物变化，立俗施事，无所不宜，指约而易操，事少而功多。儒者则不然，以为人主天下之仪表也，君唱臣和，主先臣随。如此，则主劳而臣佚。至于大道之要，去健羡，黜聪明，释此而任术。夫神大用则竭，形大劳则敝；神形蚤衰，欲与天地长久，非所闻也。

夫阴阳，四时、八位、十二度、二十四节各有教令，曰"顺之者昌，逆之者亡"，未必然也，故曰"使人拘而多畏"。夫春生、夏长、秋收、冬藏，此天道之大经也，弗顺，则无以为天下纪纲。故曰"四时之大顺，不可失也"。

夫儒者，以六艺为法，六艺经传以千万数，累世不能通其学，当年不能究其礼。故曰"博而寡要，劳而少功"。若夫列君臣、父子之礼，序夫妇、长幼之别，虽百家弗能易也。

墨者亦上尧、舜，言其德行，曰"堂高三尺，土阶三等，茅茨不剪，采椽不斫；饭土簋，啜土刑，粝粱之食，藜藿之羹；夏日葛衣，冬日鹿裘。"其送死，桐棺三寸，举音不尽其哀。教丧礼，必以此为万民率。故天下法若此，则尊卑无别也。夫世异时移，事业不必同，故曰"俭而难遵"也。要曰"强本节用"，则人给家足之道也。此墨子之所长，虽百家不能废也。

法家不别亲疏，不殊贵贱，一断于法，则亲亲尊尊之恩绝矣，可以行一时之计，而不可长用也，故曰"严而少恩"。若尊主卑臣，明分职不得相逾越，虽百家不能改也。

名家苛察缴绕，使人不得反其意，剸决于名，时失人情，故曰"使人俭而善失真"。若夫控名责实，参伍不失，此不可不察也。

道家无为，又曰无不为，其实易行，其辞难知。其术以虚无为本，以因循为用。无成势，无常形，故能究万物之情。不为物先后，故能为万物主。有法无法，因时为业；有度无度，因物兴舍。故曰"圣人不巧，时变是守"。虚者，道之常也；因者，君之纲也。群臣并至，使各自明也。

其实中其声者谓之端，实不中其声者谓之款。款言不听，奸乃不生，贤不肖自分，白黑乃形。在所欲用耳，何事不成！乃合大道，混混冥冥。光耀天下，复反无名。凡人所生者神也，所托者形也。神大用则竭，形大劳则敝，形神离则死。死者不可复生，离者不可复合，故圣人重之。

　　由此观之，神者生之本，形者生之俱。不先定其神形，而曰"我有以治天下"，何由哉？①

司马谈以《易》为统摄之本，而以六家为具体之形用，六家之中，最重道家，因为道家论述"道之常"与"君之纲"，有本有用。这六家，是先秦诸子中最为显赫的六家，其思想著作、代表人物、理论主张，是我国哲学思想与文学艺术发展的源头。《文心雕龙》论述写作之道，于此六家中重点取法儒、道两家，参以阴阳、法家。因为儒家讲礼法，道家论大道，阴阳述纲纪，法家重秩序，文学发展离不开这些东西的启发或规范。而在魏晋南北朝时期，佛学与玄风大盛，作为当下的时代背景，一样地对《文心雕龙》论述"写作之道"有影响，只不过这种影响在理论家刘勰的眼中看来并不美妙而已。

（一）独尊儒家

　　杨明照、王运熙等先生论及此题，以为《文心雕龙》中是比较纯粹的儒家思想。他们的意见，主要是针对刘勰思想主导归属何家而发，符合刘勰自己的论述。不足在于，这些纯粹的儒家思想表现在哪里？除了先生们普遍举证的《序志》《征圣》《宗经》，也就是序言和枢纽论部分确立儒家思想为主导之外，在文体论、创作论、附论②部分是否也是尊崇儒家并以之为主导？

　　儒家思想在书中的体现，是需要专门论述才可能讲清楚的问题。《文心雕龙》对儒家的推崇，贯穿全书，褒赞之情，无以复加。仅以刘勰论"儒"为例：

　　《征圣》：《邠诗》联章以积句，《儒行》缛说以繁辞，此博文以该情也。

　　《正纬》：通儒讨核，谓伪起哀平；东序秘宝，朱紫乱矣！

　　《辨骚》：王逸以为："诗人提耳，屈原婉顺。《离骚》之文，依《经》立义。驷虬乘鹥，则'时乘六龙'；昆仑流沙，则《禹贡》敷土。名儒辞赋，莫不拟其仪表，所谓'金相玉质，百世无匹'者也。"

---

　　① （汉）司马迁撰，（宋）裴骃集解，（唐）司马贞索隐，（唐）张守节正义：《史记三家注》（影印本），北京：中华书局，1997年，第3288—3293页。
　　② 关于《文心雕龙》五十篇的体系结构，各家分类并不一致，对有些篇目的归属迄今争论仍存。范文澜、周振甫、杜黎均、祖保泉、夏志厚等先生各出所见。笔者这里采纳的是王运熙先生的归纳意见。

《乐府》：暨武帝崇礼，始立乐府，总赵代之音，撮齐楚之气，延年以曼声协律，朱马以骚体制歌。《桂华》杂曲，丽而不经；《赤雁》群篇，靡而非典。河间荐雅而军御，故汲黯致讥于《天马》也。

《祝盟》：逮汉氏群祀，肃其百礼，既总硕儒之义，亦参方士之术。所以秘祝移过，异于成汤之心；侲子驱疫，同于越巫之说：礼失之渐也。

《杂文》：唯《七厉》叙贤，归以儒道；虽文非拔群，而意实卓尔矣。

《史传》：及班固述《汉》，因循前业，观史迁之辞，思实过半。其《十志》该富，"赞"、"序"弘丽，儒雅彬彬，信有遗味。

《诸子》：孟轲膺儒以磬折。

《诏策》：观文、景以前，诏体浮杂；武帝崇儒，选言弘奥。策封三王，文同"训"、"典"；劝戒渊雅，垂范后代。

《奏启》：自汉以来，奏事或称"上疏"；儒雅继踵，殊采可观。

《奏启》：观孔光之奏董贤，则实其奸回；路粹之奏孔融，则诬其衅恶：名儒之与险士，固殊心焉。

《奏启》：墨翟非儒，目以羊豕；孟轲讥墨，比诸禽兽。

《奏启》：是以立范运衡，宜明体要。必使理有典刑，辞有风轨；总法家之裁，秉儒家之文。

《议对》：及后汉鲁丕，辞气质素，以儒雅中策，独入"高第"。

《体性》：典雅者，镕式经诰，方轨儒门者也。

《隐秀》：若篇中乏隐，等宿儒之无学，或一叩而语穷；句间鲜秀，如巨室之少珍，若百诘而色沮：斯并不足于才思，而亦有愧于文辞矣。

《时序》：爰至有汉，运接燔书；高祖尚武，戏儒简学。虽礼律草创，《诗》《书》未遑，然《大风》、《鸿鹄》之歌，亦天纵之英作也。施及孝惠，迄于文景，经术颇兴，而辞人勿用：贾谊抑而邹、枚沉，亦可知已。

《时序》：逮孝武崇儒，润色鸿业；礼乐争辉，辞藻竞骛：柏梁展朝宴之诗，金堤制恤民之咏；征枚乘以蒲轮，申主父以鼎食；擢公孙之对策，叹倪宽之拟奏；买臣负薪而衣锦，相如涤器而被绣。于是史迁、寿王之徒，严、终、枚皋之属，应对固无方，篇章亦不匮：遗风馀采，莫与比盛。

《时序》：及明、章叠耀，崇爱儒术；肆礼璧堂，讲文虎观。孟坚珥笔于国史，贾逵给札于瑞颂；东平擅其懿文，沛王振其通论：帝则藩仪，辉光相照矣。

《时序》：自和、安以下，迄至顺、桓，则有班、傅，三崔，王、马、张、蔡。磊落鸿儒，才不时乏；而文章之选，存而不论。然中兴之后，群才稍改前辙：华实所附，斟酌经辞，盖历政讲聚，故渐靡儒风者也。

《时序》：逮晋宣始基，景、文克构，并迹沉儒雅，而务深方术。

《才略》：荀况学宗，而象物名赋；文质相称，固巨儒之情也。

《才略》：仲舒专儒，子长纯史，而丽缛成文，亦《诗》人之"告哀"焉。

《才略》：马融鸿儒，思洽登高，吐纳经范，华实相扶。

《程器》：然子夏无亏于名儒，浚冲不尘乎竹林者，名崇而讥减也。

《序志》：敷赞圣旨，莫若注经；而马、郑诸儒，弘之已精，就有深解，未足立家。

以上二十六条例证，涉及刘勰对著名作家、时代文风、著名作品、著名学者、风格类型、诸子论战的评价，除了"墨子非儒"条讲述事实，其余二十五条没有任何一处带有贬义。对伟大作家或学者，刘勰称之为"名儒""硕儒""鸿儒""巨儒""专儒""宿儒"，崇敬之情深及骨髓而溢于言表。对历时的文学发展，尤其是断代文风，刘勰指出，凡是崇儒尊儒、儒道兴盛的时代，其文学发展就繁荣昌盛，如汉武帝时代；凡是戏儒抑儒、儒道不兴的时代，文学发展就沉寂混乱，如秦代文学与汉高祖时代。儒学是否兴盛，本来是统治者选取或否定的治国策略在文化事业、学术思潮上的反应，刘勰洞察到儒学与文学发展之间的这层深刻的体用关系，而不是仅仅从审美、创作、技法角度来看待文学的发展，一方面说明他敏锐深刻的分析能力、洞察能力，另一方面，不得不说是因为对儒家思想的尊崇学习，使他走上了以儒学立其文论根本的终南捷径上。

特别需要指出的是，对孔子、孟子所称颂的商周文学，刘勰论述了五十二次之多，加上对上古三代与夏代文学的评价，全书对春秋、战国以前的文学论述合计有九十七处之多，相对集中于"枢纽"论和文体论部分，在这两部分篇目中几乎每篇都有。这些论述，仅有极个别略有微词，如《诸子》论夸饰，而绝大多数是赞美的评价。因为这些文学作品是由先贤创作或是在先贤统治下创作的，遂由征圣而赞文，由爱屋而及乌。

上述二十六条例证，还仅仅是带有"儒"这一术语的举证。笔者曾耗费大量时间与精力，对全书中涉及儒家的内容进行了详细地搜集与梳理，发现：如果算上对古代圣贤，诸如黄唐、尧舜、文王、周公、孔子等人物及其言论的评价，以及对儒家经典文献的评价——即对"圣"与"经"的评价，那么，儒家"圣""言""经""论"在《文心雕龙》中累计被反复论述、征引了至少八百七十次以上！如此，整个一部《文心雕龙》，从前到后的五十篇，从哲学、文学、美学理论一脉而下得出的主导思想，从体例结构、枝干章句乃至用词，在神髓、骨骼、体貌、脉络、血肉、细胞的各个层面上来看，儒家思想是占据绝对主导地位的。这是事实俱在的定论，也是刘勰以儒家思想指导《文心雕龙》写作的本意所在，毋庸置疑。

仅以孔子为例简单讨论之。孔子本人出生贫贱，青年时代生存艰难，但是坚持上进的精神，成年成名后文武双修、建功立业的壮举，使同样出身下层、早年丧父的青年刘勰内心产生了强烈的共鸣，孔子对刘勰的精神世界有巨大的影响。《文心雕龙·程器》篇主张文士应该文武双备，"摛文必在纬军国"，起源就在于对孔子学文尚用、维护立法、为国立功、刚毅坚强精神的尊崇，也是对当时国家政治人物精神气质孱弱不振风气的批评。①《颜氏家训·勉学》记载了颜之推亲眼目睹的一些不良风气：

> 多见士大夫耻涉农商，羞务工伎，射则不能穿札，笔则才记姓名，饱食醉酒，忽忽无事，以此销日，以此终年。或因家世余绪，得一阶半级，便自为足，全忘修学；及有吉凶大事，议论得失，蒙然张口，如坐云雾；公私宴集，谈古赋诗，塞默低头，欠伸而已。有识旁观，代其入地。何惜数年勤学，长受一生愧辱哉！

> 梁朝全盛之时，贵游子弟，多无学术，至于谚云："上车不落则著作，体中何如则秘书。"无不熏衣剃面，傅粉施朱，驾长檐车，跟高齿屐，坐棋子方褥，凭斑丝隐囊，列器玩于左右，从容出入，望若神仙。明经求第，则顾人答策；三九公宴，则假手赋诗。当尔之时，亦快士也。及离乱之后，朝市迁革，铨衡选举，非复囊者之亲；当路秉权，不见昔时之党。求诸身而无所得，施之世而无所用。被褐而丧珠，失皮而露质，兀若枯木，泊若穷流，鹿独戎马之间，转死沟壑之际。当尔之时，诚驽材也。有学艺者，触地而安。自荒乱已来，诸见俘虏。②

颜之推后于刘勰，身在北朝，他敢于直接揭露这些弊端。刘勰身在南朝，采用了一种智慧而隐晦间接的表达策略。对于这种"上车不落则著作，体中何如则秘书"的腐败孱弱与"明经求第，则顾人答策；三九公宴，则假手赋诗"的舞弊擅权者进行了间接地讽刺，说：

> 盖人禀五材，修短殊用；自非上哲，难以求备。然将相以位隆特达，文士以职卑多诮，此江河所以腾涌，涓流所以寸折者也。名之抑扬，既其然矣；位之通塞，亦有以焉。③

刘勰借古讽今，强烈地表达了自己对于名位抑扬与通塞的意见，对于因为门阀控制使自己名不扬且位不通的生存现实极为不满，他的人生愿望不得实现，极为苦闷。但是，他逆社会陋习而动，不坠青云之志：

---

① 关于此点，论述较为充分的是刘永济先生《文心雕龙校释》之《程器》篇校释与曹顺庆先生《中西比较诗学》之《风骨与崇高》章。可参。
② 黄永年：《颜氏家训选译》，成都：巴蜀书社，1991，第42—43页。
③ 杨明照：《增订文心雕龙校注》，北京：中华书局，2000，第599页。

> 盖士之登庸，以成务为用。鲁之敬姜，妇人之聪明耳。然推其机综，以方治国；安有丈夫学文，而不达于政事哉？彼扬、马之徒，有文无质，所以终乎下位也。昔庾元规才华清英，勋庸有声，故文艺不称；若非台岳，则正以文才也。文武之术，左右惟宜。[①]

刘勰决心"以成务为用"来勉励自己，以"安有丈夫学文，而不达于政事哉"的志向来鼓舞自己，以"文武之术，左右惟宜"的思想来激励自己。而上述种种内在理想动力的化身，孔子是最佳的人选。刘勰提出的"擒文必在纬军国，负重必在任栋梁；穷则独善以垂文，达则奉时以骋绩"的文士人生理想，孔子完全符合他的这些论述，简直是量身定做的评价标准。刘勰借此寄托自己的人生理想，决心做一个"文武之术，左右惟宜"而且能够"丈夫学文，达于政事"的孔子式的人物，说孔子是刘勰的精神教父，是完全符合青年刘勰的精神追求的。《序志》篇有两个略带神秘色彩的美梦故事，显示了这种精神动力对刘勰成长的巨大作用：

> 予生七龄，乃梦彩云若锦，则攀而采之。齿在逾立，则尝夜梦执丹漆之礼器，随仲尼而南行。旦而寤，乃怡然而喜：大哉！圣人之难见哉，乃小子之垂梦欤！[②]

刘勰在童年与而立时候两次梦见孔子，是否真实，是无法印证的。其实他本人想说的是：圣人难见，我见了两次，如何能够不高兴？是不是孔子要我做点什么事呢？有这个可能。读《序志》篇就知道，刘勰决定写《文心雕龙》，哪怕再难也不怕，得罪人也不要紧，他要的是求实，要的是表达自己的看法。这与孔子"迁"而不改何其相似？《文心雕龙》体大虑周，是在综合论述上千年的文学史、创作论、品评数以百计的作家作品并常常独创立论的基础上写出来的，其难度之大，是否也可以将刘勰看做文学发展的精神卫道者呢？

至少在刘勰自己看来，他是具有这样"贵器用而兼文采"的本事的，属于《周书》论士称许的"梓才"，他模仿效法的对象就是孔子。颜之推对"国之用材"做出了六个方面的规定：

> 士君子之处世，贵能有益于物耳，不徒高谈虚论，左琴右书，以费人君禄位也。国之用材，大较不过六事：一则朝廷之臣，取其鉴达治体，经纶博雅；二则文史之臣，取其著述宪章，不忘前古；三则军旅之臣，取其断决有谋，强干习事；四则藩屏之臣，取其明练风俗，清白爱民；五则使命之臣，取其识变从宜，不辱君命；六则兴造之臣，取其程功节费，开略

---

① 杨明照：《增订文心雕龙校注》，北京：中华书局，2000，第599页。
② 杨明照：《增订文心雕龙校注》，北京：中华书局，2000，第610页。

有术，此则皆勤学守行者所能辨也。人性有长短，岂责具美于六涂哉？但当皆晓指趣，能守一职，便无愧耳。①

从孔子毕生的言行事迹来看，他至少在前三项上占据了牢固的位置。《孔子世家》正文之前《索隐》曰："孔子非有诸侯之位，而亦称系家者，以是圣人为教化之主，又代有贤哲，故称系家焉。"《正义》曰："孔子无侯伯之位，而称世家者，太史公以孔子布衣传十馀世，学者宗之，自天子王侯，中国言六艺者宗於夫子，可谓至圣，故为世家。"显然，孔子的历史文化贡献远在颜之推"国之用材"之上。刘勰《文心雕龙》独列《征圣》一篇，以周公、孔子为儒家两大圣人，而重心在于继续赞美孔子。

从《文心雕龙》全书的论述来看，除了思想倾向，在具体的文学写作问题上，儒家的主导影响主要体现在以下两个方面：第一，确立了征圣宗经的基本思想，主要是主张复古宗经的文学经典意识，在评价纬骚、论述文体、创作审美、执术驭篇、文学新变、写作习染、学术思潮等若干问题上，刘勰的基本主张就是"典诰之体""还宗经诰""熔铸经典""必先雅制""武帝崇儒"，以儒家五经为其主要的雅正思想标准与审美艺术标准。第二，提出了"圣文雅丽，衔华佩实"的儒家经典的整体风格特点，并以"雅丽"为贯通全书的文学思想主张。这一主张包含这样的几个构成因素：一是华实相符的华丽文采与充实内容的和谐统一，即文学内容与形式的完美和谐，达到文质彬彬的状态；二是既雅且丽的风格特征，包含了雅正为主的尚雅主张与五经含文的尚丽因素，是儒家文论雅正为主，兼及美丽的结合；三是从五经源于"自然之道"出发，经典是文采郁然的"人文"，这就从哲学依据上分外突出了五经的尚丽华美特点，这主要是取法了道家文论尚美尚丽主张的结合产物；四是伴随《文心雕龙》宗经的经典意识，在"枢纽论"中确立的"雅丽"主张，必然将影响到从五经流出的若干文体的创作与审美，对于文体论的"论文叙笔"、创作论的"执术驭篇"、附论部分的"知音"鉴赏等理论产生贯通性的影响；五是"雅丽"主张既尚雅又尚丽，刘勰顺此提出雅言、雅体、雅制、雅篇、正采、正式、执正驭奇、尚雅贬俗等若干为文之术，又提出丽辞、辩丽、奇文、伟辞、壮丽、绮丽、艳丽等文体审美评价或时代文风评价，是创作宗经的规范要求与文学发展的审美因素的结合产物。笔者认为，既雅且丽的这一主张，显然带有折中儒道的意味与明显的史学意识。儒家尚雅尚正，是为公认；道家讲美讲妙，尽人皆知。先秦诸子中，第一个大肆谈美论丽的人是道家的庄子；其后儒家的荀子折衷儒道兵法数家，一改孔孟古板的面孔，大力宣扬情性、美丽、法术之说；两汉以来，以《淮南子》为代表的道家继续讲美论丽；以扬雄、王充、

---

① 黄永年：《颜氏家训选译》，成都：巴蜀书社，1991，第84页。

曹丕为代表的儒家人物也继续在尚雅基础上极尽尚美尚丽之能事。这样看来，《文心雕龙》"圣文雅丽"文学观念的得来，既有"文源于道，郁然有采"的哲学依据，也有儒家尚雅尚正的一贯主张，同时将儒道两家谈美论丽的若干思想认知折衷于内，并从历史发展的角度加以继承，然后贯通运用于《文心雕龙》全书之中，表现了哲学规律、经典意识、折衷思维与史学意识的完美结合。"雅丽"主张，是《文心雕龙》一以贯之的文学思想。

从具体的评价运用中，我们可以得到这样的具体支持：刘勰主张"雅丽"思想之后，评价纬书，是"无益经典，而有助文章"，丽而不经；评价楚辞，是"取镕《经》旨，自铸伟辞"，主张"酌奇而不失其贞，玩华而不坠其实"的执正驭奇与华实相符；评价诗歌是"四言正体，则雅润为本；五言流调，则清丽居宗"，主张"华实异用，惟才所安"；评价《乐府》是"《韶》响难追，郑声易启"，带有明显的尚雅贬俗的正统儒家诗乐观念；评价辞赋的"大体"是"情以物兴，故义必明雅；物以情睹，故词必巧丽"，主张"丽词雅义，符采相胜"，提出"风归丽则"的雅丽创作观；评价"风骨"主张"确乎正式"，"篇体光华"，论述"情采"主张文质相谐，"正采"彬彬；论述风格主张会通"八体"，"得其环中"，"雅丽黼黻"；论述文学发展史则以"商周丽而雅"为其中轴，之前尚质，其后偏文；论述修辞技法之《比兴》《夸饰》时，皆以《诗》之"比显兴隐"、"夸而有节"为范，对辞赋用比忘兴、夸饰无度加以规讽，照应"丽词雅义"之说；论述物色动人的描写时，对"诗人丽则，辞人丽淫"加以区分，复述"风归丽则"之旨。上述所及，是从枢纽论、文体论、创作论直到附论的明显例子，可见尚雅尚正与尚丽尚美的观念不仅贯通全书，而且是主导全书的文论思想。从理论特征强烈的《宗经》"六义"说与《知音》"六观"论，一首一尾，同样可以看出这是"雅丽"思想在审美、创作、鉴赏领域内的具体体现。

上述所及，是儒家思想与儒家文艺美学思想在《文心雕龙》中占据主导地位的最基本分析，关于这一主导地位与文学思想的具体论述，将是本论文的主要内容。

（二）褒贬道家

当然，紧紧盯住儒家不放，而不去谈论其他各家，显然是无法全面衡量出刘勰是否以儒学为主导的。《文心雕龙》书中对道家思想的借鉴运用同样非常之多；整体上看，有褒有贬，褒多于贬，但就是在褒赞运用道家思想的地方，也会归结到儒家思想上去，即采用折中儒道的态度，这与独尊儒学的鲜明态度有极大差异。

《文心雕龙》的道家思想，体现在如下四个方面。

第一，是对道家思想的吸收运用，并将其置于贯通全书的理论地位。经查，《文心雕龙》全书论"道"共计四十一处，完全是建立在道家之"道"的基础之上的。刘勰笔下的"道"，主要指的是自然规律、政治策略、写作方法、诸子学说等内容，属于泛指，不是专指。这与老子用"道"专指自然规律不一样，而与庄子用"道"泛指事物规律、方法策略、各家学说极为近似。顺"道"而论"德"，是道家、尤其是《庄子》的重要哲学理念，刘勰论述"文之为德也大矣"，所提出的"文学大德"之说，显然是取法于《庄子》论"道"而生的"德"论观念的。因此，前人关于刘勰思想取法来自道家，以及赞同葛洪"道家为体，儒家为用"的说法，是有一定道理的。

第二，最基本的核心理论，道家居于《文心雕龙》文论框架的重要地位。这样的框架地位，来自于《文心雕龙》的内证。《原道》之"道"来自道家老庄哲学思想而受到《淮南子》的部分影响，"自然"美贯通全书并高于人工修饰之美《神思》论本源于庄子"虚静"、"心斋"、"言意之辨"诸说（近代则以陆机思维理论为基础）《养气》论本于老庄"清静无为"、"存身之道"、"纯气之守"与葛洪《抱朴子》养生理论等等。上述核心理论中：

首先，《原道》篇是整个《文心雕龙》结构体系与文学理论的哲学基点。因为文源于道，圣人则之，化成经典，刘勰取儒家为用，提出"雅丽"的基本文学思想，五篇"枢纽论"于是成立。然后因经典而生百体，这才会自然引出占据二十篇之多的文体论；总其归途，则后世百体文章皆出于"自然之道"，这是从本源来看的，是统摄在《原道》这一哲学思想之内的。这样，上篇二十五篇自然生成。从下篇来看，因为"文源于道"所以"郁然有采"，这个观点贯穿全书，尤其是成为下篇论风格、立风骨、述通变、谈定势、论情采、设隐秀、看物色、辨声律、晓情变等一系列尚丽尚美专题理论的基本哲学依据。没有"文源于道"的哲学依据以及"郁然有采"的尚丽基础，上述有关文采、风格、美文、修辞、技法的若干立论将无法成立。

其次，研究者一直认同《神思》篇居于全书下半部分创作论之首，统摄下篇文术理论。《文心雕龙》下篇的核心是在崇美尚丽与尚法论术，所以，有关修辞语言、技法修养、声律比兴等等问题，都是归于《神思》统一的。笔者经过反复论证与查实，《神思》篇的基本理论，主要出自于道家，尤其是庄子思想。《神思》除了引用了《庄子》一书"江海魏阙""疏瀹澡雪""言意之辨""轮扁语斤"的原文或典故，还借庄子"心斋""虚静""心性"之说以为直接论点，同时以陆机写作思维理论、写作迟速与真实感受、作家外在内在修养为辅助论点来论述之。篇中虽有"研阅穷照""酌理富才""博而能一"等观点带有明显儒家思想的意味，但是两相对照，《神思》篇以道家思想为主，是可以成立的。

复次，上篇《原道》统摄全书，下篇《神思》统摄创作，加上《养气》一说纯属道家的精神心理修养理论，从哲学思想的高度到具体写作实践的操作，从思维理论的论述到养气思想的阐释，从"自然会妙"、"自然之势"的论述到"人禀七情，应感斯物"的"物感"理论，道家思想也是贯穿全书的。其核心有三个：一是哲学基础，即文学的尚丽本质；二是思维之论，即写作的根本问题；三是修养之术，这是写作文章的保证。这样，修养—写作—文采，全线贯通。

再次，道家文论讲美讲妙也讲丽，这是与其主张自然、重视心性、关注规律的哲学主张相关联的。《老子》书中虽不论丽，但是论美很多，尤其是"信言不美，美言不信"一说影响很大；到《庄子》书中，大肆谈论"道德美妙"，同时开启了文论史上的"尚丽"主张；《淮南子》顺应而下，与"道德美妙"相随，"丽"论丰富，也是这个路子。儒家文论中，孔子论"美善绘素"，孟子论美谈中，都不及"丽"；到荀子才开启儒家大力论美谈丽的先河，两汉扬雄、王充、班固、曹丕则极力主张为文之"丽"。所以，《文心雕龙》雅丽文学思想之"丽"，当然有先秦两汉儒家尚美尚丽的渊源，但是道家开启的论丽传统，不应该被忽略。刘勰取法"自然之道"提出的人文有采一说，主要就是在道家哲学思想中寻找文学尚丽的理论依据。这种折衷儒道的思维方法，在儒家经典《周易》中就已经体现了出来。在五经之中《周易》内容驳杂，"《易》惟谈天"，幽深玄虚，绝非传统儒家所独有，从其主要内容来，儒道结合的特征表现得非常明显。学界一向主张《周易》是《文心雕龙》重要的理论来源，甚至一度认为是其理论之本，但是《周易》折衷儒道的特点并没有引起讨论重视，那么，《文心雕龙》折衷儒道的特点也没有被揭示出来。这是必须要加以说明的。

第三，尽管从哲学到写作到美文，道家思想都有最直接的影响，但是，刘勰对道家思想，是有褒有贬、褒贬分明的，这与独尊儒家的褒赞态度截然不同。以下是《文心雕龙》论述道家老庄两位先圣的例子，可见一斑：

《明诗》：宋初文咏，体有因革。庄老告退，而山水方滋。

《诸子》：及伯阳识礼，而仲尼访问；爰序道德，以冠百氏。然则鬻惟文友，李实孔师；圣贤并世，而经子异流矣。

《诸子》：庄周述道以翱翔。

《论说》：庄周《齐物》，以论为名。

《论说》：迄至正始，务欲守文；何晏之徒，始盛玄论。于是聃、周当路，与尼父争途矣。

《情采》：《孝经》垂典，丧"言不文"；故知君子常言，未尝质也。老子疾伪，故称"美言不信"；而五千精妙，则非弃美矣。庄周云"辩雕万物"，谓藻饰也。

韩非云"艳乎辩说"，谓绮丽也。绮丽以艳说，藻饰以辩雕，文辞之变，于斯极矣。研味《孝》《老》，则知文质附乎性情；详览《庄》《韩》，则见华实过乎淫侈。若择源于泾渭之流，按辔于邪正之路，亦可以驭文采矣。

《时序》：自中朝贵玄，江左弥盛；因谈馀气，流成文体。是以世极迍邅，而辞意夷泰；诗必柱下之旨归，赋乃漆园之义疏。

《知音》：然而俗监之迷者，深废浅售，此庄周所以笑《折扬》，宋玉所以伤《白雪》也。

上述举证说明：

首先，从征引数量上来说，直接论述道家二圣的仅区区八处，与论述儒家先圣动辄数十上百处反差强烈。孰轻孰重，一目了然，而且褒贬分明。

其次，刘勰尊重"伯阳识礼，而仲尼访问"的事实，承认"李实孔师"，孔子思想有老子的影响在内，又认为《老子》一书"文质附乎性情"，因而对老子以赞美为主；反之，认为《庄子》"华实过乎淫侈"，且书中数十次攻击戏谑孔子，反复责难辱骂儒家仁义礼乐与治国治民的政教思想，故而对庄子以批评态度为主。刘勰对庄子的全部论述，加上征引《庄子》，褒贬各半，倾向于贬。最明显的体现，是在论述玄学文风的兴盛冲击了儒学独尊的局面这个问题上，把主要责任推在庄子头上，说他的虚无潇洒主义惹了祸。在儒道相争的选择上，刘勰是毫不犹豫地倾向儒家，而批评道家的。

第四，离开老庄显学，刘勰对同属道家的其他学者或著作也有所关注。主要体现有两点：其一是命名《文心雕龙》，向道家取材。在"文心"书名来源的论述上，谈到了"涓子《琴心》，王孙《巧心》，心哉美矣，故用之焉"，黄侃先生说：涓子又名环渊，是老子的学生。如此，《琴心》当属道家。刘勰认为涓子和王孙子所写的书以"心"为名，起得非常好，所以他写的这部书，就取法二人，也以"心"为名。因为是论述文章写作的良苦用心的，所以就叫做"文心"。据此可知"文心"书名之所出，一本于道家，一本于儒家，是集合儒道两家优秀作品的书名而成的东西。这实际上暗示读者，不仅书名如此，本书论述的"为文之用心"，也是集合儒家思想与道家思想，并以之为主要思想来源的。同时，刘勰自己的论述，还否定了"文心"命名模拟佛经之"心"的臆测。其二是对道家诸子，有褒有贬。《诸子》论《列子》与《淮南子》的内容时说："《列子》有移山跨海之谈，《淮南》有倾天折地之说"，这是贬其虚诞与夸张；又说"列御寇之书，气伟而采奇"、"吕氏鉴远而体周，淮南泛采而文丽"等语，这是褒其风格之美。从审美角度来看，褒赞更多。这表明了刘勰全面公正的批评观念与批评态度。

笔者以为，综前所述，可以看出刘勰的文学思想主要是吸收儒家思想与道家思想，并折衷而成的。折衷的结果，是以儒家为主导地位。这个折衷儒道的体系，有如下几个特点：

第一，折衷儒道，体现出"道家为体，儒家为主"的特点。葛洪《抱朴子》在论述儒道两家关系时，曾站在道家立场上提出"道家为本，儒家为末"的说法。刘勰《文心雕龙》一书，从整体的思想构成来看，是以道家思想为哲学依据而以儒家思想为主导理论的，是"道体儒用"的集中体现。但是，这个"体"，主要的意义在于为"用"找理论外衣。刘勰主张的是"衔华佩实"的雅丽文学思想，如何为相对缺乏"丽"这一因素的儒家五经找到一个尚丽的哲学依据，并以"雅丽"、"正采"为主要美学追求来论述文体与创作？刘勰将这个基点放在道家崇尚"自然"的理论之上，提出"郁然有采"的万物属性。于是，源于自然的文学作品，找到了尚丽的哲学依据。

第二，《文心雕龙》从《原道》《神思》《隐秀》《养气》到《物色》，主要是在道家思想的影响下写作的。《原道》统领了全书的文学发生理论主张，《神思》统领了下篇的文学技法论，《隐秀》要求限制文丽，《养气》主张静以修身。贯穿了主体修养、"务盈守气"、"文源于道"、"言隐荣华"的哲学、文学、美学理论与"自然之道"的创作方法。不过，上述诸篇有个共同的特征，就是先以道家思想为出发点，然后加以儒家思想，合论而成。比如《原道》一篇，当提出人文产生之后，就以儒家诸圣为核心来论述文学的发展过程；《神思》篇解决思维之难的药方，主要是儒家的学习修养理论；《隐秀》篇主张"言隐荣华"，而主要以汉代京房《易》学"飞伏"说为立论方法；《养气》论述修养问题，并非仅仅独善其身，而是指向更好得为文致用。上述明显体现了道家思想的篇章在数量上是少数，其中已有很多的儒家思想；而那些主要阐释儒家思想的篇章则占大多数，其中则少见或不见道家思想的影响，比如《征圣》《宗经》《正纬》《风骨》《通变》《定势》《程器》《序志》等篇。这就说明，刘勰在立论时采用的是"折衷儒道"的策略，而在确立了哲学依据或理论框架之后，则是以儒家为核心为主导的。

第三，"折衷儒道"还体现在论道尚用、内外统一的特点上。《庄子》论"虚静"，常常与阴阳、动静、刚柔等对立范畴合起来论述。可见，道家注重内在的修养和曲柔的处世哲学，对阴柔、内隐、不露、养气更为重视；儒家主张外向的致用策略与功能原则，对刚健、中正、外露、经世更为重视。儒道两家一内一外，相互互补；一静一动，化合用之；一张一弛，趋向和谐。同时，儒道两家都主张学习，儒家主张外在的学习来化内，道家主张内在学习来体外。显然，对于文学艺术来说，感悟创作之道、提升内在修为、学习写作技法、博观作家作品，这几方面是必须结合起来进行的。对于这样的"内美与修能"，刘勰的认识是很清楚的，他的基本修养主张是内外统一，包括技艺的内化与文术的外化两个阶段。《体性》篇认为文学的发生是"因内符外，沿隐至显"的由内到外的过程；《夸饰》篇提出"形而上者谓之道,形而下者谓之器"的自然规律与文本创作的关系;以及《文心雕龙》全书所提出的若干文体纲领、大要,所提出许多的文术技法、学习理论,所提出的许多习染原则、修养要求,这些东西有内又有外,内外统一,都有一个"内化感悟——外化运用"的过程。这个过程,是内外统一,相互促进的。

（三）批评玄学

大盛于魏晋六朝之玄学,前期是引老庄而说儒经,后期是儒、道、佛三教合一而以道佛为主,儒学在六朝相对式微。因此,玄言诗、论说体等反应这一学术思潮、体现诸子争鸣现象的文体大兴。刘勰在正视这一思潮对文学创作影响巨大的同时,对玄学思想及其作家作品,是持批评态度的:

《明诗》：及正始明道,诗杂仙心;何晏之徒,率多浮浅。

《明诗》：江左篇制,溺乎玄风,嗤笑徇务之志,崇盛忘机之谈,袁孙巳下,虽各有雕采,而辞趣一揆,莫与争雄,所以景纯《仙》篇,挺拔而为隽矣。

《论说》：迄至正始,务欲守文;何晏之徒,始盛玄论。于是聃、周当路,与尼父争途矣。

《论说》：逮江左群谈,惟玄是务;虽有日新,而多抽前绪矣。

《体性》：远奥者,馥采典文,经理玄宗者也。

《时序》：于时正始馀风,篇体轻澹;而稽、阮、应、缪,并驰文路矣。

《时序》：简文勃兴,渊乎清峻。微言精理,函满玄席;澹思浓采,时洒文囿。

《时序》：自中朝贵玄,江左弥盛;因谈馀气,流成文体。是以世极迍邅,而辞意夷泰;诗必柱下之旨归,赋乃漆园之义疏。

《文心雕龙》全书八次论述到玄学作家作品或时代文风,无一不是贬义,指斥之甚,不能再低。笔者认同"玄学思想对刘勰有影响"的前代研究成果;仅指出一点:刘勰思想的取法主体,并不是玄学思想。因此,认为刘勰《原道》之"道"是"越名教而任自然"之"道";或者认为刘勰前后期思想一致,在写作《灭惑论》与《文心雕龙》时均是以"三教合一"思想为指导;这两种说法是不能成立的。

（四）偶及佛学

佛学自东汉传入中土以后,经历了由民间传播到结合政权的数百年时间,在六朝时极为兴盛。刘勰生活的齐梁时代,王公贵族、帝王将相不谈佛学者极少。

在佛学如此兴盛的背景下，加上刘勰写作《文心雕龙》之前就已经投身上定林寺，依附当时名僧僧佑，并在其中完成该书的写作；并且《梁书》《南史》之《文学传》都谈到刘勰"博通经论"、"为文长于佛理"等特点，研究者往往据此来阐释《文心雕龙》的佛学思想；但是《文心雕龙》书中，却极少佛教用语，范文澜、刘永济、杨明照、王运熙、周振甫等先生只谈到《论说》篇"般若"与"圆通"二语：

《论说》：然滞有者，全系于形用；贵无者，专守于寂寥。徒锐偏解，莫诣正理；动极神源，其般若之绝境乎？

《论说》：故其义贵圆通，辞忌枝碎，必使心与理合，弥缝莫见其隙；辞共心密，敌人不知所乘：斯其要也。

这两条，是诸家公认的《文心》佛教术语。既然佛教术语运用如此至少，论述的问题又不是《文心雕龙》的主要哲学、文学或美学内容，当然无法据此得出佛学思想影响《文心雕龙》有多大的结论。我们只能说刘勰借鉴了极少的佛学术语或佛学思想来阐释自己的理论见解，佛学思想是很少的。

部分研究者则以此为中心，扩大了佛学思想在《文心雕龙》书中的术语运用与理论比重，甚至有佛学思想无处不在之论。因为"般若"仅见一次，依照"圆"为核心，拓展到全书，可以找到许多与"圆"相关的论述，得以下例证：

《原道》：夫玄黄色杂，方圆体分。

《明诗》：自商暨周，《雅》《颂》圆备，"四始"彪炳，"六义"环深。

《明诗》：然诗有恒裁，思无定位，随性适分，鲜能圆通。

《杂文》：夫文小易周，思闲可赡，足使义明而词净，事圆而音泽，磊磊自转，可称珠耳。

《封禅》：观《剧秦》为文，影写长卿，诡言遁辞，故兼包神怪；然骨制靡密，辞贯圆通，自称"极思"，无遗力矣。

《体性》：故童子雕琢，必先雅制；沿根讨叶，思转自圆。

《风骨》：若骨采未圆，风辞未练，而跨略旧规，驰骛新作，虽获巧意，危败亦多。

《定势》：圆者规体，其势也自转；方者矩形，其势也自安：文章体势，如斯而已。

《镕裁》：绳墨以外，美材既斫，故能首尾圆合，条贯统序。

《丽辞》：必使理圆事密，联璧其章；迭用奇偶，节以杂佩：乃其贵耳。

《比兴》：诗人比兴，触物圆览。

《隐秀》：故互体变爻，而化成四象；珠玉潜水，而澜表方圆。

《指瑕》：古来文才，异世争驱：或逸才以爽迅，或精思以纤密；而虑动难圆，鲜无瑕病。

《总术》：自非圆鉴区域，大判条例，岂能控引情源，制胜文苑哉？

《知音》：夫篇章杂沓，质文交加；知多偏好，人莫圆该。

《知音》：凡操千曲而后晓声，观千剑而后识器。故圆照之象，务先博观。

全书中带有"圆"这一术语的例证，共计一十七条。研究者认为既然"圆通"是佛教用语，那么这些"圆"的运用也是受佛学思想影响，是精通佛典的刘勰借以论文的例子。其实，这个说法是经不起推敲的。上述例证中，"圆"之含义为方圆、规矩、法度之比喻用法不在少数；含义为周全、完备、全面之用法亦不在少数。因为中国文化从古以来就追求"圆满""圆周""圆通"甚至"圆滑"之义，这种追求当然不是佛典影响的结果。仅举《孙子兵法》与《庄子》两书中对"圆"的运用为例证明之。《孙子兵法》中论述兵势时以"圆"为喻，形象具体，《兵势》篇：

（1）纷纷纭纭，斗乱而不可乱；浑浑沌沌，形圆而不可败。①

（2）木石之性，安则静，危则动，方则止，圆则行。故善战人之势，如转圆石于千仞之山者，势也。②

同篇又以"圆"之同义词汇"环"来论述兵势：

（3）战势不过奇正，奇正之变，不可胜穷也。奇正相生，如循环之无端，孰能穷之哉！③

《庄子》书中对"圆"的论述则显然更为普遍与多义：

《齐物论》：夫大道不称，大辩不言，大仁不仁，大廉不嗛，大勇不忮。道昭而不道，言辩而不及，仁常而不成，廉清而不信，勇忮而不成。五者圆而几向方矣。故知止其所不知，至矣。孰知不言之辩，不道之道？若有能知，此之谓天府。④

《骈拇》：常然者，曲者不以钩，直者不以绳，圆者不以规，方者不以矩，附离不以胶漆，约束不以纆索。⑤

《马蹄》：陶者曰："我善治埴，圆者中规，方者中矩。"⑥

《知北游》：今彼神明至精，与彼百化，物已死生方圆，莫知其根也，扁然而万物，自古以固存。⑦

---

① 中国人民解放军军事科学院战争理论研究部《孙子》注释小组：《孙子兵法新注》，北京：中华书局，1986，第44页。

② 中国人民解放军军事科学院战争理论研究部《孙子》注释小组：《孙子兵法新注》，北京：中华书局，1986，第46页。

③ 中国人民解放军军事科学院战争理论研究部《孙子》注释小组：《孙子兵法新注》，北京：中华书局，1986，第42页。

④ 陈鼓应：《庄子今注今译》，北京：中华书局，1983，第74页。

⑤ 陈鼓应：《庄子今注今译》，北京：中华书局，1983，第238页。

⑥ 陈鼓应：《庄子今注今译》，北京：中华书局，1983，第244页。

⑦ 陈鼓应：《庄子今注今译》，北京：中华书局，1983，第563页。

《徐无鬼》：吾相马，直者中绳，曲者中钩，方者中矩，圆者中规，是国马也，而未若天下马也。①

《外物》：君曰："渔何得？"对曰："且之网得白龟焉，其圆五尺。"②

《盗跖》：若是若非，执而圆机；独成而意，与道徘徊。③

《说剑》：上法圆天，以顺三光；下法方地，以顺四时；中和民意，以安四乡。④

《天下》：矩不方，规不可以为圆，凿不围枘。⑤

上述例证以"方圆"义为主，这是"圆"之本义；又衍生出了"圆周"、"圆机"、"圆通"、"圆备"等含义。古籍中的这些含义，完全有可能进入翻译后的佛经中去，更有可能是刘勰直接取法的地方。不仅如此，《庄子》中也以"环"论述"圆通"、"圆备"之义：

《齐物论》：彼是莫得其偶，谓之道枢。枢始得其环中，以应无穷。是亦一无穷，非亦一无穷也。故曰莫若以明。⑥

《则阳》：冉相氏得其环中以随成，与物无终无始，无几无时。⑦

"得其环中"一说，显然是《体性》篇论述风格习染"得其环中"的本源所在。《体性》曰：

> 夫才有天资，学慎始习。斫梓染丝，功在初化；器成彩定，难可翻移。故童子雕琢，必先雅制；沿根讨叶，思转自圆。"八体"虽殊，会通合数；得其环中，则辐辏相成。故宜摹体以定习，因性以练才：文之司南，用此道也。⑧

本段是刘勰在论述"因内符外"的情性风格论之后，指出作文之道与风格习染的重要意义，风格虽然有八种基本类型，但是只要能够"会通合数"，就可以得到居于车轮正中间的"典雅"文风。"得其环中"不仅是庄子"中道"观念的产物，也是刘勰借以论文的道家语源。《文心雕龙》以下例证中对"环"的使用，是明显与"圆"同义的论述：

《宗经》：穷高以树表，极远以启疆，所以百家腾跃，终入环内者也。

《明诗》：自商暨周，《雅》《颂》圆备，"四始"彪炳，"六义"环深。

《铨赋》：斯并鸿裁之环域，雅文之枢辖也。

---

① 陈鼓应：《庄子今注今译》，北京：中华书局，1983，第626页。
② 陈鼓应：《庄子今注今译》，北京：中华书局，1983，第715页。
③ 陈鼓应：《庄子今注今译》，北京：中华书局，1983，第791页。
④ 陈鼓应：《庄子今注今译》，北京：中华书局，1983，第812页。
⑤ 陈鼓应：《庄子今注今译》，北京：中华书局，1983，第895—896页。
⑥ 陈鼓应：《庄子今注今译》，北京：中华书局，1983，第54页。
⑦ 陈鼓应：《庄子今注今译》，北京：中华书局，1983，第673页。
⑧ 杨明照：《增订文心雕龙校注》，北京：中华书局，2000，第380—381页。

《杂文》：扬雄《解嘲》，杂以谐调，回环自释，颇亦为工。

《风骨》：思不环周，索莫乏气，则无风之验也。

《通变》：夫夸张声貌，则汉初已极。自兹厥后，循环相因，虽轩翥出辙，而终入笼内。

《章句》：其控引情理，送迎际会：譬舞容回环，而有缀兆之位；歌声靡曼，而有抗坠之节也。

《序志》：按辔文雅之场，环络藻绘之府。

上述用"环"论文的例子，主要取法于圆周、周全、完备、完整、循环之意。"圆""环"是刘勰《文心雕龙》使用频率非常高的术语，其含义，主要是对先秦典籍中这些术语含义的继承与拓展。同样，与"圆""环"同意或者近义的若干术语，比如"周""完"等等，其指向均为论述文学各方面问题的充分完整；进一步，又指向中和之美与执中的思维方法论。因为"圆"频见于佛典而被误以为《文心雕龙》的佛学语源，而这些术语主要不是频繁出现在佛典之中，故不赘述。我们至少可以这样认识："圆"很早就在我国典籍中运用起来，佛典借此论述佛学精义，刘勰有向二者共同取法的用意，而以我国古代典籍为主要语源。所以，笔者不敢断定《文心雕龙》中所谓"圆照""圆鉴""圆该""圆合"之属是否始自佛教语源。退一步说，即使这些术语果真出现在佛典之上，也不能排除以下这种可能现象的存在，即：佛典东渐之初，是将梵语直译过来的，故而明其义者渺渺；僧众反思之后，即采用意译之法，在尊重经典本意的前提下，用中国世俗语言翻译为大众都可以听懂看懂的"中国特色"的佛典，即进行了佛学教义与经典文献的中国化。在这个过程中，是大量借鉴、使用了我们国家已有的语言文字术语乃至方言俗语的。我们不能简单地说，一看见《文心雕龙》中带"圆"字、"慧"字、"智"字、"了"字、"因"字、"缘"字、"觉"字、"悟"字等字眼的术语，就说它们源自佛典。正确的态度是：这些术语是否受到佛教影响，是否有佛学的含义，需要参看《文心雕龙》原文的论述，看刘勰是不是在用佛教理论来论述文学问题，而不能只因为刘勰用了来自佛典的术语就说他是在用佛教思想论文学，更不能因为他托身寺庙、博通经纶、晚年出家就断定《文心雕龙》有浓厚的佛教思想甚至是"以佛统儒"。比如"道"这一术语，反复于书中出现了四十一次之多，我们是不是也可以说刘勰是在"以道统儒"呢？当然不能，因为它们虽然出自道家，但是主要用于文学写作技法与规律的论述，并不能冲击独尊儒学的思想基础，这是结合语境具体分析得出的结果。一句话，既然是研究《文心雕龙》，就应该以《文心雕龙》本身的论述为准，以内证为准，而不是以脱离文本的外部原因、甚至是与文本毫无关联的外部原因为准。外证虽好，但只能是我们研究讨论《文心雕龙》的辅助材料或辅助观点。以外证统摄内证，以外证忽略内证，甚至以外证改变内证，是比附的、牵强的、错误的。更何况，有些外证本来就是研究者先入为主设定完成之后，再顺势推论得出的。比如有一篇论述《文心雕龙》数字运用的文章，首先就直接设定刘勰没有受到过儒家道家的影响，只谈佛家的影响，这样，《文心雕龙》书中的若干数字运用，就全部是佛典影响的结果，完全与儒、道典籍无关，其荒唐如此。而且，尤其在刘勰思想倾向这个问题上，这样的寻求外证、既定假设、牵强比附屡见不鲜。因此可以说：佛学思想仅仅是偶然出现在《文心雕龙》的观光客，谈不上是其主导思想。

（五）法家少文

法家思想及其治国策略，是促使秦国由弱变强灭掉六国的最主要原因，然而物极必反的不能适度，也是促使秦国迅速崩溃很快灭亡的客观原因之一。《文心雕龙》书中若干次谈论到"法家辞气"及其代表作家李斯等人，因此，法家思想对先秦文学，尤其是秦国文学，是发生了很大影响的。并且这种影响的余绪，一直延续到汉代文学，对汉代文学的兴盛，是起了积极作用的。同时，刘勰的文学发展基本观点之一，是文学的"崇替"受时代政治思潮与帝王"在选"因素的影响，秦国文学是刘勰眼中文学不兴、质木无文的反面典型（详见《秦国文学》章）。因此，法家思想对刘勰是产生了一些影响的。其论如下：

《论说》：魏之初霸，术兼名法。

《封禅》：秦皇铭岱，文自李斯；法家辞气，体乏弘润；然疏而能壮，亦彼时之绝采也。

《奏启》：秦始立奏，而法家少文。观王绾之奏勋德，辞质而义近；李斯之奏骊山，事略而意径：政无膏润，形于篇章矣。

《奏启》：是以立范运衡，宜明体要。必使理有典刑，辞有风轨；总法家之裁，秉儒家之文。"不畏强御"，气流墨中；"无纵诡随"，声动简外：乃称绝席之雄，直方之举耳。

《议对》：及赵灵胡服，而季父争论；商鞅变法，而甘龙交辩：虽宪章无算，而同异足观。

《书记》：申宪述兵，则有律、令、法、制。

《书记》：律者，中也。黄钟调起，五音以正；法律驭民，八刑克平。以律为名，取中正也。令者，命也。出命申禁，有若自天；管仲下令如流水，使民从也。法者，象也。兵谋无方，而奇正有象，故曰法也。制者，裁也。上行于下，如匠之制器也。

在刘勰看来，法家依法治国，严明赏罚，等级森严，甚至严刑峻法，是一点都不可爱的。《诸子》篇说法家"申、商刀锯以制理"，"至如商、韩，'六虱'、'五蠹'，弃孝废仁；轘药之祸，非虚至也。"在秦国历史上的著名法家人物，如商鞅、韩非、李斯等人，其下场都是死于非命；但他们都留下了思想著作或文学作品，其中以韩非在秦国时间最短而思想影响最大，李斯作品丰富多样而才学与成就最高。刘勰《文心雕龙》对李斯的评价非常之高，甚至按照《风骨》篇文学何以具有"风骨"的评价标准来看，全书仅有两人的作品符合刘勰设定的"风""骨"兼备的标准，这两人一个是郭璞，另一个就是李斯。最紧要的是，讲究秩序，追求法度，这是法家思想对刘勰的极大启示；这个启示，与刘勰受儒家礼乐制度的秩序法度影响，心中追求的文学发展"尚法"模式暗合。故而刘勰论文，时时以"法"为要：

《史传》：周命维新，姬公定法。

《史传》：比尧称"典"，则位杂中贤；法孔题"经"，则文非元圣。

《史传》：汉运所值，难为后法。

《诸子》：扬雄《法言》，归乎诸子。

《诏策》："眚灾肆赦"，则文有春露之滋；明罚敕法，则辞有秋霜之烈：此诏策之大略也。

《奏启》：秦有御史，职主文法；汉置中丞，总司按劾。

《通变》：望今制奇，参古定法。

《定势》：自近代辞人，率好诡巧。原其为体，讹势所变；厌黩旧式，故穿凿取新。察其讹意，似难而实无他术也，反正而已。"故文反正为乏"，辞反正为奇。效奇之法，必颠倒文句；上字而抑下，中辞而出外：回互不常，则新色耳。

《声律》：古之教歌，"先揆以法"，使"疾呼中宫，徐呼中征"。

《丽辞》：自扬、马、张、蔡，崇盛丽辞：如"宋画吴冶，刻形镂法"，丽句与深采并流，偶意共逸韵俱发。

《练字》：汉初草律，明著厥法：太史学童，教试"六体"；又吏民上书，字谬辄劾。

《附会》：是以驷牡异力，而"六辔如琴"；驭文之法，有似于此：去留随心，修短在手；齐其步骤，总辔而已。

《才略》：及乎春秋大夫，则修辞聘会，磊落如琅玕之圃，焜耀似缛锦之肆。蒍敖"择楚国之令典"，随会讲晋国之礼法。

刘勰主张"参古定法"，研究"驭文之法"，反对"效奇之法"，这样才能够"执正驭奇"，因而"执术驭篇"。他对古人教歌之法、崇盛丽辞之法、修辞聘会之法、法孔题"经"之举非常赞赏。尤其在文学发展的制度建设与秩序确立上，对秦代汉代设置专门官吏"职主文法"的制度规定、对汉代重视文学重视文字书写规范的"明著厥法"的法律规定相当赞赏，而对史书中为妇女立传这样不合礼法的写作现象大加贬斥，认为是"汉运所值，难为后法"。从这些"尚法"的文学观念中，我们可以看出刘勰受法家影响的痕迹，更可以看出他为了寻找文学发展之正途所做的艰辛努力与积极探索。当然，要说明的是：法家思想虽然部分开启了刘勰的"尚法"文学观念，但只是刘勰取法的辅助对象，不是主流。刘勰论文尚法，主要还是来自于《荀子》一书尚法论术的影响。

（六）兵家间现

詹锳先生《文心雕龙的风格学》一书曾谈到刘勰向兵家思想取法的两个例子：一是《定势》取材于《孙子兵法》之《兵势》一篇；二是《程器》主张的"文武之术，左右惟宜。郤縠敦《书》，故举为元帅，岂以好文而不练武哉？孙武《兵经》，辞如珠玉，岂以习武而不晓文也"的观点以及同篇"摛文必在纬军国，负重必在任栋梁"的观点。这两个例子都含有明显的兵家思想。詹锳先生的论述较详，对笔者很有启发意义。笔者要指出的是：刘勰《定势》《程器》两篇专题论述的取法对象，除了兵家，主要还是在儒家。《定势》篇主要还是取法于道家"自然"理论与儒家主张"执正"而"兼解具通"的思想，是在《宗经》《体性》基础上深化的文体风格论述。况且，"兵势"之论，虽有道理，但另有一"势"之说，事实上与文体风格之"势"更为接近，这就是书法"笔势"理论。自李斯、蔡邕、王羲之以下，书法理论中论述笔势的文章与见解是非常之多的，其核心，就在于笔由心生、顺势而发的字形书写之奇正疏密、变化可控。而《程器》一篇，如刘永济先生与其他先生所论，刘勰是在自述衷情，为求以文干政之途，其愤懑与自勉之辞，多与敷赞孔孟政治功德与"穷则独善，达则兼济"的精神有关。当然，兵家"尚法"，更在"尚法"的基础上"尚变"、"尚奇"、追求"诡道"，这些思想经过转化，本来也应该是文学写作题中应有之义，与文学追求新奇、追求变化、讲究新颖写法、拓展新的题材等等方面都有相通之处。笔者以为，尤其是写作思维的非线性无序变化与灵感思维的稍纵即逝，如何把握、如何掌控？更与"水无常形，兵无常势"思想高度一致。说兵家思想对《文心雕龙》论述的写作之道有一定影响，是对的。不过刘勰论"奇"，主要是与"正"相对并提，《书记》："兵谋无方，而奇正有象。"对"正"赞美有加，对"奇"则有褒有贬。一方面赞美新奇、新颖的文章、手法或创作，但主要是借以批评文学创作的若干不良现象，比如"奇辞""奇句"的出现与作家"爱奇"、效奇的修养或取法，并借此提出"执正驭奇"的理论主张。这从全书四十二处用"奇"之论，可以清晰地看出来。

（七）纵横飞辩

笔者一直以为，《文心雕龙》论述文学尚丽尚美的主张，从头到尾每篇皆有，可谓极尽笔墨，不遗余力。这当然有"文源于道，郁然有采"的哲学依据，以及"辩丽本于情性"的理论支撑，但是，要从文学发展的历史纵向角度考察，就不是抬出一两个理论主张就能全面地讲清楚刘勰尚丽之"丽"缘何而生的问题，尤其是无法讲清楚辞赋一体"巨丽"这一特点的来源。尽管儒家文论有"郁郁乎文"、"文质彬彬"与"丽则丽淫"的理论主张，尽管有汉代辞赋"追风入丽"的宏大传统，尽管魏晋六朝有重情尚美的时代风气与巧艳绮丽的创作实践——这些当然是刘勰"尚丽"文学美学思想的直接取法之处，不过，如果我们能再深入一点，看到刘勰关于辞赋真正源泉的论述，恐怕他"尚丽"思想的来源，就不只是上述提及的儒道两家与汉魏时风，而必须要考虑战国纵横家飞辩之术与阴阳家虚辞之术。对此假设的第一个重要理论支持，是《文心雕龙》书名得来的一段论述：

> 古来文章，以雕缛成体，岂取驺奭之群言雕龙也。①

刘勰以为，自古以来的文章就是经过精心雕琢因而文采斐然的，这个意见在自然美"郁然有采"的基础上承认了"润色取美"的人工作用。关于"岂取"二字是褒赞还是贬斥，多数研究者认为刘勰是在以反问语气取肯定态度，也就是说，是在赞同齐国驺衍、驺奭等人"谈天雕龙"的言说艺术。那么，刘勰对于属于阴阳家的"齐国驺子"之赞美，显然表明了他对言语艺术"谈天雕龙"之"丽"的认可，并且公正地看到了言语之"丽"在文学发展——尤其是在辞赋文学发展史上的积极推动作用与重要起源作用。《时序》篇说：

> 春秋以后，角战英雄；"六经"泥蟠，百家飙骇。方是时也，韩魏力政，燕赵任权；"五蠹""六虱"，严于秦令；唯齐、楚两国，颇有文学。齐开庄衢之第，楚广兰台之宫；孟轲宾馆，荀卿宰邑：故稷下扇其清风，兰陵郁其茂俗。邹子以谈天飞誉，驺奭以雕龙驰响；屈平联藻于日月，宋玉交彩于风云：观其艳说，则笼罩《雅》《颂》。故知暐烨之奇意，出乎纵横之诡俗也。②

本段论述到战国时期齐、楚两国"颇有文学"的地域文学发展特点，这个特点，

---

① 杨明照：《增订文心雕龙校注》，北京：中华书局，2000，第610页。
② 杨明照：《增订文心雕龙校注》，北京：中华书局，2000，第539页。

是在两国君王贵族赞助之下，以文人集团形式出现的文学（按：指学术思想）极端发达的现象。我们并不是要讨论稷下文人集团与兰陵文人集团的具体组成与历史贡献，而是在其中取一瓢而饮之。刘勰说得很清楚："邹子以谈天飞誉，驺奭以雕龙驰响；屈平联藻于日月，宋玉交彩于风云。"驺衍与驺奭，是言语艺术"艳说"的代表人物，屈原和宋玉，则是文学艺术"丽文"的代表人物，前者对后者，言语对文学，有着直接的起源与影响作用："故知暐烨之奇意，出乎纵横之诡俗也。"这就告诉我们，楚辞的起源（之一），是战国阴阳家的言说艺术。需要指出的是，驺衍与驺奭属于阴阳家，而不是纵横家。刘勰归之于纵横家，相信不是笔误，而是看到了他们言辞论说、游说诸侯与纵横家极为相似的特点，故有此说。《文心雕龙》数次谈到邹子之辩说艺术，赞美之情彰显无遗：

《诸子》：邹子之说，心奢而辞壮。

《诸子》：驺子养政于天文。

《时序》：邹子以谈天飞誉，驺奭以雕龙驰响。

按照司马迁《史记.孟子荀卿列传》所载，齐国有三位"驺子"——驺忌、驺衍、驺奭，"邹"与"驺"通，因此也可称之为邹忌、邹衍、邹奭。相对现代人而言，邹忌之名，如雷贯耳，这是因为国人只要读过中学的，没有不学《邹忌讽齐王纳谏》这篇出自《战国策》的经典名文的。《讽》文中邹忌劝谏齐王时迂回实效的技法，进尽忠言而不逆耳的结果，臧克家先生曾对此撰文大加褒赞。《史记》说到邹衍"谈天"，以迂回虚诞巨丽之言语艺术游说干政，名利双收，大行其道。而驺奭学习言语艺术于邹衍，得其精妙，雕琢言辞，精美得体。上述三人，是儒家言语大师孔子"正名正言"地坚守礼法与孟子"直言雄辩"的忠言逆耳的言语艺术所不能望其项背的，至少在言说效果上是这样的。

刘勰指出，屈原楚辞的创作，与战国纵横家飞辩之术有直接关系。这里的纵横飞辩，是泛指战国时代诸子善辩的特征而以纵横家为主。关于这个问题，本论文《辩士雕龙》章将详细论述之。在此略说四点：

第一，儒家本就重视辩论，重视言语修养，但整体上用之则缺。这也是儒家文论虽有"郁郁乎文"、"绘事后素"、"丽则丽淫"等尚美尚丽的主张，但儒家经典雅正有余而整体文采不足的重要原因。孔门四科之中，言语科居于第二位，学言为政，孔子及其学生是高度重视语言修养的。孔门弟子子贡、宰予是很厉害的辩手。子贡游说诸侯，存鲁保国，司马迁以为子贡之口"强于十万之师"；宰予利口辩辞，思维大反常规，孔子拿他没办法。可惜的是孔子"正言"的观念限制了他与弟子在语言艺术上的进一步修养，也使得他自己在游说诸侯的十几年流浪岁月里，始终达不成心中的理想，"名不正而言不顺"的语言问题至少是其中重要的原因之一。儒家言语艺术发展到孟子时，已经使孟子成为战国诸子中最善于言词辩论的高手。其辩论技法之丰富多样、直言论辩之气势雄肆、责难反诘之口齿锋利、直斥诸侯之好为人师，既是孟子辩论艺术的特点，也是他仁政主张始终不得施行的致命弱点。简言之，儒家论辩艺术是非常厉害的，受限于政治主张与肩担道义、匡扶天下的思想，始终在技巧上非常有限，在功用上事倍功半。

第二，战国时期，各家主张要想得到施行，都必须走游说诸侯以求"得用"这座独木桥，因此，论辩艺术就成为各家皆修的群体艺术，呈现出繁荣昌盛的浩瀚局面。《诸子》篇说：

> 逮及七国力政，俊乂蜂起。孟轲膺儒以磬折，庄周述道以翱翔；墨翟执俭确之教，尹文课名实之符；野老治国于地利，驺子养政于天文；申、商刀锯以制理，鬼谷唇吻以策勋；尸佼兼总于杂术，青史曲缀于街谈。承流而枝附者，不可胜算：并飞辩以驰术，餍禄而馀荣矣。①

上段涉及儒家、道家、墨家、法家、阴阳家、兵家、小说家等十家，并未概括完战国诸子，而是举例论述的典型。刘勰将孟子列为各家之首，对他维护儒家地位的论辩主张极为赞赏；对主张避世隐逸的道家与兼爱非攻的墨家，都从他们精彩的语言艺术修养上赞美之。《庄子》一书，以"无端崖之辞"著称，今人以汪洋恣肆目之，其说想象丰富大胆，瑰丽神奇。《墨子》书中对儒家礼乐的责难，全面深刻；尤其是入选中学语文课本的《公输》一文，墨子与楚王论辩，运用了墨家的形式逻辑，设套用喻，同时义正词严，将楚王说得哑口无言。法家中未列于此段的韩非子，其论辩艺术比喻生动，说理深刻，言辞尖利。《情采》篇说："庄周云'辩雕万物'，谓藻饰也。韩非云'艳乎辩说'，谓绮丽也。绮丽以艳说，藻饰以辩雕，文辞之变，于斯极矣。"直接将庄子和韩非子的言论用来论述"辩丽本于情性"之"辩"在文学语言上对"丽"的影响作用。总的说来，刘勰对法家的严酷言论、对名家名实诡辩是略有不满的，《诸子》篇说："至如商、韩，'六虱'、'五蠹'，弃孝废仁；轘药之祸，非虚至也。公孙之'白马'、'孤犊'，辞巧理拙；魏牟比之鸮鸟，非妄贬也"，这是因为他们距离正道偏离得太远了。从文学史的角度来说，刘勰取法战国之"飞辩"，是对文学发展由"诡俗"到"奇文"这一"尚丽"规律的准确把握。

第三，阴阳家、纵横家是战国诸子中最擅长论辩游说的两家，刘勰对他们的评价最高，总体归于纵横一家来论述之。这个评价的得出，还有一个重要的原因是：这两家游说干政最为成功，是为政致用的典型。《论说》篇说道：

> 暨战国争雄，辨（按：同辩）士云涌；从横参谋，长短角势。《转

---

① 杨明照：《增订文心雕龙校注》，北京：中华书局，2000，第229页。

九》骋其巧辞，《飞钳》伏其精术。一人之辨，重于九鼎之宝；三寸之舌，强于百万之师。"六印磊落"以佩，五都隐（按：同殷）赈而封。①

这一段有一个有趣的现象，就是实际上是在论述纵横家的时候，重点谈到其宗师鬼谷子。刘勰盛赞的"《转丸》骋其巧辞，《飞钳》伏其精术"两篇，是《鬼谷子》一书中专论辩论技法的文章，《飞钳》一篇今存，《转丸》已经散佚。据说鬼谷子先生智慧超群，门人甚多，尸佼、尉缭、庞涓、孙膑、苏秦、张仪都是他的学生。师高弟子强，刘勰谈论战国纵横家，往典型代表上说，主要就是在谈论鬼谷子及其弟子一家。而战国纵横家的高手，从言语到政绩，当以苏秦张仪为代表，《史记》、《战国策》等文献对他们的言论艺术有详细的记载。"六印磊落以佩"指苏秦合纵成功，身佩六国相印的空前绝后；"五都隐赈而封"指张仪连横成功，挫败合纵之后受封五城的伟绩。因此，刘勰在谈到纵横家的时候，是从宗师到高徒一锅端的，没有忽略。至于"一人之辨，重于九鼎之宝；三寸之舌，强于百万之师"句中的两人，前指东周朝臣颜率，后指赵国志士毛遂，他们都以自己的口舌完成了百万军队也难以完成的大事。刘勰称赞上述诸子，除了他们的口舌之利，主要还是因为他们为国立功、言语致用所建立的功绩巨大。因为在刘勰思想深处，"梓才"文人学文致用的思想根深蒂固。

第四，正是因为看到了儒家言语艺术的实际弱点，刘勰才大胆地开阔视野，跳出儒家雅正的思想标准与艺术标准，联系到被孟子痛骂过的纵横家在语言艺术上的言而有效的优点，以其游说诸侯的主客问答形式、宏大巨丽的言说内容、诡辩奇异的思想变化、随时得用的效果指向，作为屈原楚辞的重要来源。当然，语言不是直接就转化成楚辞的，这需要一个中介，一个代表人物，来实现从语言到文学的转化，屈原于是应运而生。因为据《史记·屈原贾生列传》载，屈原本人就是楚国大臣中极善言辞的语言高手，文章在前、中、后三次谈到了屈原高超的语言能力，比较明显的直接评价就有两次。第一次是在该文开头，司马迁说：

屈原者，名平，楚之同姓也。为楚怀王左徒。博闻强志，明于治乱，娴于辞令。入则与王图议国事，以出号令；出则接遇宾客，应对诸侯。王甚任之。②

屈原娴于辞令，在内政方面图议国事，以出号令，外交方面接遇宾客，应对诸侯，有相当的语言技巧与口才优势。第三次是在屈原死后，司马迁谈到他的影响时又说：

---

① 杨明照：《增订文心雕龙校注》，北京：中华书局，2000，第247页。
② （汉）司马迁撰，（宋）裴骃集解，（唐）司马贞索隐，（唐）张守节正义：《史记三家注》（影印本），北京：中华书局，1997年，第2482页。

> 屈原既死之后，楚有宋玉、唐勒、景差之徒者，皆好辞而以赋见称。
> 然皆祖屈原之从容辞令，终莫敢直谏。①

学术界对于"皆好辞而以赋见称"一句中"辞"与"赋"之所指，是有争议的：有的认为这个"辞"就是"从容辞令"，即言语艺术；有的认为是指文学体裁之"辞体"而非言辞；有的研究者从《史记》全书"辞令"含义解读与屈赋篇章的旁证得出结论，说这个"辞"就是"辞令"，不是辞赋体裁。笔者曾撰文思考这个问题，认为第三个结论是对的。其实，不管这个结论是否正确，屈原长于辞令的事实，是可以肯定的。第二次则比较间接，张仪凭借三寸不烂之舌与积极笼络人心的手段策略，在楚国宫中予取予求并成功开溜之后，《屈传》曰：

> 是时屈原既疏，不复在位。使于齐，顾反，谏怀王曰："何不杀张仪？"怀王悔，追张仪，不及。②

唯有屈原，才识破了张仪的诡计。这固然有屈原忠君爱国、满腔正气的刚直原因，也与他"应对诸侯"时修养的言语策略艺术与敏锐洞察力有莫大关系。经他一提醒，楚王恍然大悟，觉得屈原是对的。

刘勰在《文心雕龙》中非常重视"辩"的作用和功能。《总术》："辩者昭晰。"论辩可以使人思路清晰，写文章清楚明白，条理分明，这是刘勰总结为文之术得出的重要结论之一。清楚明白的文风是一种优良的风格，《通变》"虞夏质而辨"就是刘勰"雅丽"观念之"雅"的重要内容之一。刘勰同时认为，长于辩论是一个人精神气质旺盛的体现，是文学创作新变出彩的重要原因，《杂文》说："智术之子，博雅之人，藻溢于辞，辩盈乎气。苑囿文情，故日新而殊致。"这实际上是他"文如其人"观点的变通说法，重视主体气质的修养和精气的保养，在《体性》《风骨》《养气》等篇中多次谈到这个问题。屈原高超的语言修养和技法运用，这对他的楚辞创作是有积极作用的。《辨骚》说：

> 故论其典诰则如彼，语其夸诞则如此。固知《楚辞》者，体宪于三代，而风杂于战国，乃《雅》、《颂》之博徒，而词赋之英杰也。观其骨鲠所树，肌肤所附，虽取镕《经》旨，亦自铸伟辞。③

刘勰在此提出了屈原《楚辞》的两个来源："体宪于三代，风杂于战国"，是上古三代典诰之体与战国夸诞之风的产物。在这两个来源中，很显然，所谓的"体宪

---

① （汉）司马迁撰，（宋）裴骃集解，（唐）司马贞索隐，（唐）张守节正义：《史记三家注》（影印本），北京：中华书局，1997年，第2492页。
② （汉）司马迁撰，（宋）裴骃集解，（唐）司马贞索隐，（唐）张守节正义：《史记三家注》（影印本），北京：中华书局，1997年，第2485页。
③ 杨明照：《增订文心雕龙校注》，北京：中华书局，2000，第51页。

于三代"不过是强说之辞,楚辞哪里体现了上古三代《尚书》的"典诰之体"呢?
刘勰"征言"求证,得到的是《楚辞》"陈尧舜之耿介,称禹汤之祗敬",也就是
说,在内容上有关于尧、舜、禹、汤的赞美描写,这是"取镕《经》旨"的内容,
而不是取法经典的典诰之"体"。楚辞真正的特点,是"自铸伟辞",这个"伟辞",
是"风杂于战国"的"夸诞"言说。《辨骚》说楚辞语言之"诡异"时写道:

> 至于托云龙,说迂怪;驾丰隆,求宓妃;凭鸩鸟,媒娀女:诡异之辞
> 也。①

这是完全虚构不实的有关神仙鬼怪的虚辞滥说,显然,这些"诡异之辞"一方面
是神话传说的夸饰描写,另一方面就是从战国辩说艺术中借鉴而来的虚诞之言。
神话传说与虚言辩说成为《离骚》为代表的楚辞这一"奇文"能够"自铸伟辞"
的两大因素。

(八)神秘文化

刘勰对于神秘文化对文学的影响,是从纬书与神灵祭祀、敬天法地所需要的
文体角度来论述的。这些文体的共同特征是"丽"。

纬书是刘勰重点批评的文体之一,这一文体,本就是神秘文化的产物,"原
夫图箓之见,乃昊天休命,事以瑞圣,义非配经。"在这种情况下,方士为宣传
迷信思想,大肆宣扬纬书:

> 于是技数之士,附以诡术:或说阴阳,或序灾异,若鸟鸣似语,虫叶
> 成字,篇条滋蔓,必假孔氏。通儒讨核,谓伪起哀平;东序秘宝,朱紫乱
> 矣!②

这些图箓符咒的东西,对文献典籍产生了混淆的错误作用,因为宣传皇权神秘力
量之需,谶纬神学在东汉大行其道:

> 至于光武之世,笃信斯术。风化所靡,学者比肩。沛献集纬以通经,
> 曹褒选谶以定礼:乖道谬典,亦已甚矣。是以桓谭疾其虚伪,尹敏戏其浮
> 假,张衡发其僻谬,苟悦明其诡诞:四贤博练,论之精矣。③

---

① 杨明照:《增订文心雕龙校注》,北京:中华书局,2000,第50—51页。
② 杨明照:《增订文心雕龙校注》,北京:中华书局,2000,第41页。
③ 杨明照:《增订文心雕龙校注》,北京:中华书局,2000,第41页。

纬书的虚伪、浮假、僻谬、诡诞的特点，在思想内容上"乖道谬典"，不合经典正体，是需要批判的。刘勰认为"按经验纬，其伪有四"：

> 盖纬之成经，其犹织综，丝麻不杂，布帛乃成。今经正纬奇，倍摘千里，其伪一矣。经显，圣训也；纬隐，神教也。圣训宜广，神教宜约。而今纬多于经，神理更繁，其伪二矣。"有命自天"，乃称符谶，而八十一篇，皆托于孔子，则是尧造绿图，昌制丹书，其伪三矣。商周以前，图箓频见；春秋之末，群经方备：先纬后经，体乖织综，其伪四矣。伪既倍摘，则义异自明；经足训矣，纬何预焉？①

纬书主要扮演这样的角色：犹如孔子口中的"朱紫之紫，雅郑之郑"，是讹滥、不雅、不经的东西。但是，纬书虽然内容荒诞不经，但是从来源上看，却是和经书一样的源于自然：

> 夫神道阐幽，天命微显，马龙出而大《易》兴，神龟见而《洪范》耀，故《系辞》称："河出图，洛出书，圣人则之。"斯之谓也。但世夐文隐，好生矫诞；真虽存矣，伪亦凭焉。②

纬书是和《易》一样，是河图洛书的产物。只不过《易》由图箓走向文字，经圣人而成经典，历千岁而生众书。纬书一直在图箓符咒的圈子里打转转，所以有"六经彪炳，而纬候稠叠；《孝》《论》昭晰，而《钩》《谶》葳蕤"的结果。但是纬书文采绚烂，有助于文学的写作：

> 若乃羲农轩皞之源，山渎锺律之要，白鱼赤乌之符，黄金紫玉之瑞，事丰奇伟，辞富膏腴，无益经典，而有助文章。是以后来辞人，采摘英华。③

在内容上，纬书不足为训，但是在艺术手法上，在文采之美上，纬书是后来文学尚丽的一个重要来源。任何事物都是一柄双刃剑，纬书有这样的丽而不经、文采华美的优点，为后来辞人所学习效仿，这也成为后世文学讹滥绚丽、内容虚诞不经、想象丰富多姿的源头之一。

另外，《颂赞》《祝盟》《铭箴》《封禅》等文体论专题主要论述到上古至汉代敬天法地、宗庙祭祀、列国交政等礼仪、外交活动对文学发展的影响。这些神秘色彩极为浓厚的文体与作品，是文学"雅丽"因素的重要来源。"雅"指其内容规格，

---

① 杨明照：《增订文心雕龙校注》，北京：中华书局，2000，第40—41页。
② 杨明照：《增订文心雕龙校注》，北京：中华书局，2000，第40页。
③ 杨明照：《增订文心雕龙校注》，北京：中华书局，2000，第41页。

是政治制度下的产物，与王权君命息息相关，在功能上意义重大；"丽"指其祭祀言辞、敬奉亡灵与天地，是虚诞凭空的，成为后代想象力丰富、故事虚假、言辞讹滥之"丽"的取法对象。比如《史记》记载司马相如《封禅文》一篇，《文心雕龙·封禅》对其大加赞美：

> 观相如《封禅》，蔚为唱首。尔其表权舆，序皇王，炳玄符，镜鸿业；驱前古于当今之下，腾休明于列圣之上；歌之以祯瑞，赞之以介丘：绝笔兹文，固维新之作也。①

"鸿文""绝笔""维新"，是刘勰对这篇文章内容功能、文采新变的赞美核心。这三点，正是与辞赋类似的"巨丽"或"新变"之作。同篇又论述扬雄《剧秦美新》文曰：

> 观《剧秦》为文，影写长卿，诡言遁辞，故兼包神怪；然骨制靡密，辞贯圆通，自称"极思"，无遗力矣。②

扬雄在辞赋创作上极力追摹司马相如，在封禅文的写作上同样如此，说白了，封禅文赞天美地，从李斯的七处刻石开始，就是有韵为文的美文丽文，就是讴歌皇命、兼包神怪的神秘祭祀文化"问苍穹要法则，回人间称老大"的产物。班固《典引》则在原来尚丽稍过的基础上回归尚雅的正途：

> 《典引》所叙，雅有懿采，历鉴前作，能执厥中；其致义会文，斐然馀巧。③

通观刘勰对封禅文的若干评价，可以看出以下两个主要内容：一是崇尚美丽之文，内容不雅也可以，能做到既雅且丽更好；二是文体论二十多篇，其真正的排列先后的原因，并不是"先文后笔"的有韵文与无韵文的对立，而是按照文体功能与政治功能的从大到小的顺序，即其由重到轻的顺序来排列的。

上述纬书、祭祀类文体，均出自神秘文化与《周易》源头，可见，"河图洛书""神理设教""谁其尸之"《易》惟谈天"，容易引发虚诞浮夸之风。在理论起源的哲学意义上，神秘文化与《周易》的作用巨大；在具体文学写作的历史发展过程中，神秘文化与《周易》产生的这些文体往往是"丽而不雅"，以负面形象出现的。

综上所述，从《文心雕龙》主要包含的儒、道、佛、玄、兵、法、阴阳、纵横与神秘文化等方面的学术思想内容与刘勰的评价和态度来看，我们可以归纳出

---

① 杨明照：《增订文心雕龙校注》，北京：中华书局，2000，第295—296页。
② 杨明照：《增订文心雕龙校注》，北京：中华书局，2000，第296页。
③ 杨明照：《增订文心雕龙校注》，北京：中华书局，2000，第296页。

这样几点共识：

第一，《文心雕龙》以儒家思想为主导，结合道家思想与其他各家思想为辅助，体现了折中诸家而独尊儒学的鲜明思想取法。具体而言，"雅"出于儒家，儒家主张"雅丽"并重，而"丽"还有汇聚诸家思想的理论渊源。道家文艺美学思想重视对"美"和"妙"的探讨，同时，从《庄子》开始谈"丽"，《淮南子》大量论"丽"，但是道家论隐幽，谈避世，不论政，不谈雅，即"丽而不雅"。这样，"雅"与"丽"的结合，需要在整体上综合儒家和道家文艺美学思想，才能得到既雅且丽的结果。再按照刘勰《辨骚》篇的说法，"丽"是来自于楚辞之"奇"的，汉赋随流而下，"追风以入丽"；而根据《时序》《才略》等篇的论述，屈宋楚辞的源头，是"纵横之诡俗"，是出于谈天飞誉、雕龙驰响、飞辩驰术的阴阳家和纵横家。由此联系到刘勰对《文心雕龙》书名解释中提到的邹奭"谈天雕龙"的言说之术，瑰丽迂回，虚诞莫测；联系到端木赐、烛之武、苏秦、张仪、范雎、蔡泽、李斯等人的游说君王干预政治的言辞技巧之术；以及孟子的雄辩无敌、墨子的难楚存宋、鬼谷子的《飞钳》精术——这些"诡丽"的言辞技巧才是辞赋"奇丽"特点的根本来源。这就是说，是语言之"丽"影响到了文学之"丽"，从而形成"言文皆丽"的历史演变脉络。以儒家经典为代表的作品，其主要特点是思想内容与语言文辞的雅正规范。于是，五经之"雅"与辞赋之"丽"的结合，就成为"衔华佩实"的"雅丽"文学思想。《风骨》篇说："熔铸经典之范，翔集子史之术"，经典雅正，史书实录，子书技法思想多样而丰富，这不仅是刘勰主张的作文如何才能有"风骨"的取法原则，实际上更是刘勰本人文学美学思想博杂精深、熔铸百家的来源所在。《文心雕龙》一书，其思想绝非儒家、道家、佛家三家所能概括，至少还包含阴阳家、纵横家、法家、墨家、兵家、玄学思想，并融会贯通，熔为一炉。而在所有的这些学术思想中，最主要的是独尊儒家。

第二，《文心雕龙》的文学思想是源出儒家的"雅丽"思想。这一思想体现了"文源于道，郁然有采"的文学本源与其尚丽因素的哲学依据，体现了"自然之道"循环相因的新变意识，体现了征圣宗经的经典意识与思想规范，体现了折中"雅""丽"的思维方法，体现了上溯先秦取法两汉的史学意识，体现了近承魏晋六朝重情尚美的文学美丽精神。整体上看，是《文心雕龙》贯通全书枢纽论、文体论、创作论、附论、序论的中轴，是主导全书的理论红线。

第三，雅丽思想虽然源出儒家，但是，道家从庄子开始的尚美尚丽精神不仅一直在道家学术著作中得以贯彻，而且，对儒家荀子、扬雄、王充、曹丕等人均有开启意义，所以，雅丽思想还有折中道家"美、妙、丽"思想的特点；阴阳家、纵横家的语言艺术和神秘文化的崇尚华美，对刘勰尚丽尚美的理论主张也有不容忽视的影响。尤其经纬诗骚是《文心雕龙》许多文论主张的具体承载体裁，其审美特质与尚丽规范，是非常重要的一部分内容。

第四，从贯通全书来讲，雅丽思想在"枢纽论"中得以提出，但具体体现是在文体论的创作规范、写作得失与创作诸论和附论部分，因此，讲究写作技法、追求"执正驭奇"、崇尚"执术驭篇"、探索内外因素，就必然成为《文心雕龙》论述写作问题的主要内容。这样，仅从原理上讲尚雅尚丽显然是不够的，对于具体技法、文术理论的讨论，刘勰继承了儒家开启于荀子，而荀子又取法于道、法、兵家等诸子各家的思想方法，尚法论术，使得雅丽思想能够贯通全书，成为既是形而上之的写作之道，又是形而下之的操作技法，体现了"本乎道，进乎技"的原理性质与技术层面的结合，成为理论性与操作性完美结合的思想主张。

除上述四点之外，笔者认为，以下两点也是雅丽思想题中之义，需要加以说明：

第一，古代文学理论界讨论甚多的关于"文学自觉"的命题，有汉代萌芽说、魏晋自觉说等不同的意见和争执。诚然，汉代文论与创作实践体现了鲜明的尚丽特色和文学自觉的萌芽，但是，因为文学本质特征的抒情性、审美性是明显依附于附庸于汉代经学与政治王权的，因此，尽管《毛诗序》"抒情言志"《礼记·乐记》"中和之美"、扬雄《法言》"丽淫丽则"、王充《论衡》"疾虚妄"等儒家文论在文学创作与文学理论界产生了很大的影响，"文学自觉"的命题仍然无法得到公开的回应与鲜明的实践体现。最典型的例子莫过于两汉时期对屈原与楚辞的若干评价，这些评价往往出现互相矛盾的对立意见；即使同一个人的评价，也往往因为其所处立场与角度的差异而呈现大相径庭的分歧，比如班固等。这样，真正摆脱经学附庸、探索文学纯粹特质的理论主张，是在汉末建安的曹丕与西晋年间的陆机才开始的工作。曹丕、陆机在前人基础上提出了"诗赋欲丽""缘情绮靡""体物浏亮"的尚丽文体风格论，提出了作家气质与文章风格类型的"文如其人"论，提出了文章功能的"伟业不朽"说，提出了文学鉴赏的态度意见，提出了文学写作思维探索与"物—意—文"的写作过程理论，对"物感说""灵感论""言意关系"等问题进行了实践探索和具体主张——这些直接关系文学审美、抒情、思维、风格、内容、功能、鉴赏的具体意见，直面写作本质与过程，直面实践与意义，直面技法与鉴赏，这才是文学真正自觉的到来。但是，曹丕陆机开启的文学理论自觉，并没有走在一条健康发展良性发展的正路上，而是在战乱频仍、世积乱离、杀人如麻、残酷血腥的时代政治格局下，在儒学式微、经学崩溃、思想混乱、玄佛思潮乘虚而入的学术思想局面下，文人学者一方面向重情尚美大力进军，逐渐出现了美文丽辞、绮丽巧艳的靡靡之音，另一方面恐惧现实谈玄论佛，走向了寄情山水、讽喻外物、远奥隐情、玄虚空淡之势，这两种趋势并存而以靡丽巧艳为主，使得六朝文坛"辞人爱奇，言贵浮诡；饰羽尚画，文绣鞶帨：离本弥甚，将遂讹滥"，刘勰于是在重视文学美丽精神的同时，提出复归儒雅中正的"雅丽"主张。因此可以说，"雅丽"思想是在萌芽于两汉、历经了魏晋六朝数百年时间之"文学自觉"基础上的再次自觉，是文学发展、文学理论与创作本质自觉探索之上的再次探索，是对"文学自觉的自觉"。

第二，受理论视域、时代限制或自身理论主张的束缚，《文心雕龙》雅丽思想并不是全知全能的文学思想，也存在不足与弊端。这种弊端主要体现在以下几个方面：一是独尊儒术的同时，虽然折中观照了其他诸家，但是往往有失公允。比如对魏晋玄学思想、玄言诗的评价："迄至正始，务欲守文；何晏之徒，始盛玄论。于是聃、周当路，与尼父争途矣。"因此，《文心雕龙》全书评价玄学思想影响下的文学创作与时代文风，没有任何赞美之词。二是雅丽思想经典意识的复古宗经，使得刘勰对文学新变的认识尚欠不足，对新兴文体与创作往往评价失实。比如，在论述时代文风的时候，提出"楚汉侈而艳，魏晋浅而绮，宋初讹而新"的绮丽讹滥说；评价经典时举出辞赋"楚艳汉侈，流弊不还"来做反面典型，全书《诗》《骚》并举的时候，基本上是崇《诗》抑《骚》，谈论文学内容的《物色》、论述文质关系的《情采》等篇均是如此；论述技法时对于《比兴》《夸饰》《事类》《丽辞》均以经典为核心，基本上无视其他体裁的优势；尤其是，对于宋齐文学论述的缺失，使得刘勰对新兴山水诗赋的评价极低，对于陶渊明、谢灵运、鲍照等著名作家的诗文一字不提，不予正视。三是雅丽思想宗法先秦儒家，主要是孔子兴复礼乐思想与文学尚丽本质结合的产物，因此，带有明显的贵族立场与尚雅贬俗的倾向。孔子轻视劳动、厌恶郑声、正礼正名，刘勰受此影响，对于乐府、小说、谐谰、杂文等俗文学性质的文学创作评价很不好；笔者曾大力统计《文心雕龙》中出现过的作家作品，几乎都是历朝历代声名显赫的帝王将相、王公贵族、官宦名家及其作品，是贵文致用、树德建言思想标准的外化产物。我们间接可以看到，刘勰对于齐国稷下文人集团、楚国兰陵文人集团、汉代梁孝王文人集团、建安邺下文人集团、三曹七子、竹林七贤、竟陵王文人集团、永明宫体文人集团这样的贵族官僚文人，往往是以"梓才之士"刮目相看的；而对于底层文人、俗乐俗文或新兴文学，往往是贬斥或不做讨论的。

因此，我们在寻找、探索、发现《文心雕龙》雅丽文学思想，并对其进行渊源、内涵、表现、运用、影响诸方面论述的同时，应该以刘勰提出的"惟务折中"的思维方法论为主来进行对上述问题的讨论和分析。既要看到雅丽思想在特定历史时期出现的理论价值与积极影响，也要辩证地看到刘勰在运用上的一些不足。这是对刘勰伟大功绩的肯定，更是对他提出雅丽文学思想的辩证、求实的尊重。

中 编

曹植文学思想的传统与创新

曹植是建安时期著名的文学家，在长期的创作实践活动中，也展开了积极的文学批评，提出了相关的论文主张，是魏晋南北朝文学思想和理论批评的重要组成部分。他写给杨德祖、吴质等人的书信和自己的文学创作实践，体现了丰富的文学思想，这也是古典文论的传统。《与杨德祖书》和他的文学作品是研究曹植文学思想的重要资料，论文由此出发，对前人忽略的曹植文学思想作一探索。

一、文学功用论

（一）重视文学的社会功用和价值

建安时代是一个文学自觉时代，其重要标志之一，就是人们对于文学的地位和价值有了相当明确的认识。曹丕《典论·论文》说文章是"经国之大业，不朽之盛事"①，可谓此时一种代表性的意见，它在肯定文学所具有的崇高地位的同时，也指出了文学的社会功用和价值。

作为此时有着卓越成就的文学大家，曹植同样非常关心文学之经世致用的社会作用，而将其看作统治者治世安邦不可或缺的活动。在《汉二祖优劣论》这篇文章中，曹植对刘邦在政治上能"召集英雄，遂诛强楚，光有天下"的雄才大略和丰功伟绩表示了赞许，但对其轻侮文人和诗书礼乐却提出了批评：

> 高祖又鲜君子之风，溺儒冠不可言敦；……诗书礼乐，帝尧之所以为治也，而高帝轻之。济济多士，文王之所以获宁也，高帝蔑之不用。

这里，曹植对"高帝轻之"深以为非，在批评刘邦的同时，还对传说中的帝尧重视诗书礼乐和文王重用文人，给予了很高的评价。曹植这种一褒一贬的鲜明态度，不也表明了他是相当重视文学吗？另外，他在《画赞序》里还讲述过一个汉明帝观画的故事：

> 昔明德马后美于色，厚于德，帝用嘉之！尝从观画，过虞舜庙，见娥皇、女英。帝指之，戏后曰："恨不得如此人为妃！"又前见陶唐之像。后指尧曰："嗟乎！群臣百寮恨不得戴君如是。"帝顾而笑。

壁画在统治集团上层人士中间产生如此深刻的反响，广大观众从古代绘画同

---

① （清）严可均.全上古三代秦汉三国六朝文.北京：中华书局，1985年，第1098页

样可以找到自己爱憎的目标：

> 故夫画，所见多矣。上形太极混元之前，却列将来未萌之事。观画者，见三皇五帝，莫不仰戴。见三季暴主，莫不悲惋。见篡臣贼嗣，莫不切齿。见高节妙士，莫不忘食。见忠节死难，莫不抗首。见忠臣孝子，莫不叹息。见淫夫妒妇，莫不侧目。见令妃顺后，莫不嘉贵。是知存乎鉴者何如也。

在曹植看来，不同的画像能激起人们不同的感情，从不同的方面对人们产生鉴戒的作用，而且有助于统治者总结历史经验，实现长治久安，这虽是绘画的认识作用之论，但诗画同源，诗画同理，当可以作为他对文学作用看法的补充。正因为此，故李泽厚先生关于《画赞序》有很精辟的论述：

> 这篇序，是中国画论史上第一篇直接讨论绘画问题的长篇论著。它的根本思想在于阐明绘画的鉴戒作用，可以说是汉代《毛诗序》关于诗的教化作用的看法在绘画上的应用。绘画确实有它的可以应用于教化的方面，亦即同社会政治伦理道德相关的方面。曹植着重地指出了这一点，有着不可否认的意义。①

而曹植在其《七启》一文末，还通过隐居大荒的玄微子论到：

> 伟哉言乎!近者吾子所述华淫，欲以厉我，祗搅予心。至闻天下穆清，明君莅国，览盈虚之正义，知顽素之迷惑。令予廓尔，身轻若飞，愿反初服，从子而归。

显然，这里通过玄微子最终决意入世的表达，充分显示的同样是曹植那种强调文学与政治密切相关的文学功能观。

可以看出，曹植的文学功能论，承继了传统的政教功用论，属政治功利主义的文学观。不过，他又扬弃了其中所包含的先秦两汉以来的伦理观念，而顺应统治思想和时代的需要，从重才尚实的名理学出发，突出了文学为国家政治服务的功能。就这点来说，曹植明显有着受其父兄文学观影响的一面。

与传统"诗言志"强调文学的政教功用论有所不同的是，曹氏父子扬弃了先秦两汉时期的伦理观念以及名教思想，明确地将文学视作"经国之大业，不朽之盛事"。他们都非常重视文学的社会功能，强调文学创作为其政治统治服务，为治理国家服务。关于此，可从曹氏父子那里所论之"志"如何有别于传统"诗言志"中"志"的内涵即可看出。

---

① 李泽厚、刘纲纪.中国美学史（魏晋南北朝卷上）合肥：安徽文艺出版社1999年版，第428页

被朱自清先生视为中国古代诗论"开山的纲领"[①]的"诗言志"首见于《尚书·尧典》，云：

> 帝曰：夔，命汝典乐，教胄子。直而温，宽而栗，刚而无虐，简而无傲。诗言志，歌咏言，声依永，律和声，八音克谐，无相夺伦，神人以和。②

这一命题的提出跟统治者对宫廷子弟进行政治道德教育，以适应其政治统治的需要密切相关。故在诞生之初"诗言志"就被赋予了政教功用的价值、性质和品格。其本身便具有的极其浓重的政教功用性质，由此而深深地影响了后世文学理论的发展。

到了春秋战国时期，"赋诗言志"十分普遍，《诗》作为社会政治活动的工具而广泛流行于各诸侯国，成为各诸侯国使臣及士大夫们在各种外交场合、政治场合进行斗争，表达思想意图的工具。孔子亦云：

> 兴于诗，立于礼，成于乐。③（《论语·泰伯》）
>
> 诵诗三百，授之以政，不达；使于四方，不能专对；虽多，亦奚以为？④（《论语·子路》）

这也正充分体现了诗的政教功用。

这种特别强调诗之政教功用的观点，在汉代得到了进一步的发展。《毛诗序》将政教功用论进一步明确化、系统化，云：

> 用之乡人焉，用之邦国焉。风，风也，教也；风以动之，教以化之……故正得失，动天地，感鬼神，莫近于诗。先王以是经夫妇，成孝敬，厚人伦，美教化，移风俗。⑤

《毛诗序》更明确地指出了诗之功用在于政治教化，这种教化对匡正夫妇之道、稳定家庭人伦关系、变易社会风俗等，无不发挥作用。同时，《毛诗序》亦云：

> 诗者，志之所之也，在心为志，发言为诗。情动于中而形于言。⑥

由志而诗，诗是志的产物。

---

① 朱自清.诗言志辨·序.桂林：广西师范大学出版社，2004年
② 顾颉刚、刘起釪.尚书校释译论.北京：中华书局，2005年，第192页
③ 程树德撰、程俊英、蒋见元点校.论语集释.北京：中华书局，1997年，第529页
④ 程树德撰、程俊英、蒋见元点校.论语集释.北京：中华书局，1997年，第900页
⑤ 郭绍虞.中国历代文论选.上海：上海古籍出版社，2003年，第63页
⑥ 郭绍虞.中国历代文论选.上海：上海古籍出版社，2003年，第63页

治世之音安以乐，其政和；乱世之音怨以怒，其政乖；亡国之音哀以
思，其民困。①

因此，通过诗歌可以了解社会政治，辅助干预社会政治，为了一定政治教化
的需要，有时会不惜对《诗》进行牵强附会甚至是错误的曲解。这同样表现在作
为"一代之文学"②汉大赋的创作中：既要求"润色鸿业"，对汉武帝空前的繁荣
统一与国势强盛作极尽的粉饰，又希望能进行"劝谏"，尽管这种"劝谏"作用
微乎其微，往往是"劝百讽一"，但这些足以表明其创作动机是出于政治的需要；
而以"刺"为特征的汉代抒情小赋，对社会现实具有强烈的批评性，这种"刺"
也是政教功用的一个重要方面，"刺世"往往是作者仕途政治失落所致。王充在《论
衡》中也曾反复强调文学的社会功用价值，其《论衡·自纪篇·第八十五》云：

为世用者，百篇无害。不为用者，一章无补。③

《论衡·佚文篇·第六十一》云：

善人愿载，思勉力善：邪人恶载，力自禁裁。然则文人之笔，劝善惩
恶也。④

"劝善惩恶"说是对政教功用论的一个发展，它无疑有助于社会的净化、稳
定和发展。汉人对辞赋的评价，也表现出了极其重视政教功用的特点。扬雄晚年
悔恨早年所作大赋为"雕虫篆刻"，是"壮夫不为"⑤之事，这种悔恨实是出于对
文学政治功用的尊崇。而班固则对汉赋"润色鸿业"的功能大加赞扬，甚至称之
为"雅颂之亚"，显然是站在统治者的立场上，着力强调汉赋之"美"的一面。
无怪乎清人程廷祚论曰：

汉儒论诗，不过美刺二端。"⑥（《诗论十三·再论刺诗》）

不管是美是刺，都是要求文学发挥政治教化功能。当然，不可否认在先秦两
汉时期也有以情论文的观念，只是他们对情感加以限制，发乎情又必须"止乎礼
义"，"'诗言志'说是志中含情。"⑦汉儒说《诗》，用以补充"诗言志"之情，也
主要指世情且多为群体之情，是"止乎礼义"之情，是"温柔敦厚"之情。

---

① 郭绍虞.中国历代文论选.上海：上海古籍出版社，2003年，第63页
② 王国维.宋元戏曲史·自序.上海：上海古籍出版社，1998年，第1页
③ 黄晖.论衡校释.北京：中华书局，1990年，第1202页
④ 黄晖.论衡校释.北京：中华书局，1990年，869页
⑤ 汪荣宝.法言义疏.北京：中华书局，1996年，第45页
⑥ 郭绍虞.中国历代文论选.上海：上海古籍出版社，2003年，第14页
⑦ 詹福瑞.汉魏六朝文学论集.保定：河北大学出版社，2001年版，第88页

如此等等，都足以看出传统文学观中对"诗言志"的"志"的理解，其实是相当偏狭的。

而至三国曹魏时期，对"志"的理解开始出现了变化。曹操积极推行"唯才是举"、"文武并用"的政策，"外定武功，内兴文学"①，建安八年，即公元203年，"其令郡国各修文学"②，并"登高能赋"③、"歌以咏志"④；再联系曹操的创作实际来看，他所说的"志"，较传统观念显然具有了更为广泛的内容，它包括主体的情感、志向抱负、政治活动等等。同为帝王的曹丕，可谓得其父文学思想之精髓，故其在《典论·论文》中明确主张"文以气为主"、"文章经国之大业，不朽之盛事"⑤云云。而曹植对文学的社会功用和价值等的认识如前所述，同样显示了与其父兄的一致之处：都是属于重经国致用的政治功利主义的文学观。故明代胡应麟即已指出：

> 至如魏文帝以文章为"经国之大业，不朽盛事"，而陈思不欲以翰墨为勋绩，辞颂为君子，词虽冰炭，意实埙篪。读者考见深衷，推验实历可也。（《诗薮·外编》卷一）⑥

王瑶先生也说："表面上看起来，这两种论调完全不同，但仔细分析，他们对文学的看法和意见，还是一致的；不同的只是政治地位和文章的口气而已。"⑦

但有所不同的是，曹植在"志"的理解上，较其父兄还有更进步处。在《学官颂》中曹植声称："歌以咏言，文以骋志"；而在《七启》中他又说："夫辩言之艳，能使穷泽生流，枯木发荣，庶感灵而激神，况近在乎人情"。再联系曹植的文学创作实际，即可清楚，他所说的"志"，其实已跟"情"没有了什么分别，"骋志"其实就是"骋情"，因此，完全可以说，曹植已经深刻认识到了文学那种感荡主体情志的作用，这同后来钟嵘在《诗品》中所说"气之动物，物之感人。故摇荡性情，形诸舞咏……动天地，感鬼神，莫近乎诗"⑧的观点已经十分相近。

最后，还需澄清的是有关曹植不重视文学功用的传统论调，持此论者的依据其实都是曹植《与杨德祖书》中的这一段话：

> 辞赋小道，固未足以揄扬大义，彰示来世也。昔扬子云先朝执戟之臣耳，犹称壮夫不为也。吾虽薄德，位为藩侯，犹庶几戮力上国，流惠下

---

① （晋）陈寿撰（宋）裴松之注.三国志.北京：中华书局，1964年，第317页
② （晋）陈寿撰（宋）裴松之注.三国志.北京：中华书局，1964年，第24页
③ （晋）陈寿撰（宋）裴松之注.三国志.北京：中华书局，1964年，第7页
④ （魏）曹操.曹操集.北京：中华书局，1974年，第20页
⑤ （清）严可均.全上古三代秦汉三国六朝文.北京：中华书局，1985年，第1098页
⑥ 河北师范学院中文系古典文学教研组编.三曹资料汇编.北京：中华书局，1980年，第63页
⑦ 王瑶.中古文学史论集.上海：上海古籍出版社.1982年，第186页
⑧ 曹旭.诗品集注.上海：上海古籍出版社，1996年，第1页

民，建永世之业，流金石之功。岂徒以翰墨为勋绩，辞赋为君子哉！

对这一段话的理解，一是如前引鲁迅先生的观点，其实有曹植本人创作成就巨大，故反而不大在乎文学的缘由，二则跟曹植个人的志向与生平遭际相关。曹植接受的传统文化仍是以儒家文化为主，儒家积极入世的人生观对他起着决定性影响，"立德"、"立功"、"立言"的三不朽观念也由此深刻地体现在曹植身上：一方面，他深切希望自己能够在平定天下的过程中尽"锥刀之用"，把"戮力上国，流惠下民，建永世之业，流金石之功"、"使名挂史笔，事列朝荣"作为其主要的人生目标；另一方面，因其浓郁的文人气质，以及"立功"不成（尤其是后期）的遭遇，都使曹植同时有着"以翰墨为勋绩"的人生选择和追求。只是，纵观曹植一生，他从来都是把"立功"放在"立言"之上，二者有着泾渭分明的主次之分，故才会在"以翰墨为勋绩"前加上"岂徒"二字。也就是，在曹植这里，其实并不存在轻视文学、不重视文学的问题，有的只是他把文学（"立言"）作为"立功"价值选择、追求同时而有的次要的人生价值选择和追求罢了。

（二）对民间文学的认识和重视

曹植的文学功用论还体现在他对民间文学的认识和重视上，这同样见于其《与杨德祖书》中：

夫街谈巷说，必有可采；击辕之歌，有应风雅，匹夫之思未易轻弃也。

这段话虽不多，涵义却极深刻，意义却颇重大。新中国成立以来，论者对此大抵给予了肯定的评价，但仍嫌不足。究其原因，在于未将这段话放进我国古代民间文学理论发展的历史长河中进行考察，也未将其放进特定历史环境中与其同时代的理论进行比较，仅仅立足于本位的研究，缺乏参照体系，自然就难于充分认识其意义和价值了。

在曹植之前，我国的民间文学思想已经有了一些初步的收获。《诗经·魏风·园有桃》："心之忧矣，我歌且谣。"[1]《诗经·魏风·葛屦》："维是褊心，是以为刺。"[2]《诗经·陈风·墓门》："夫也不良，歌以讯之。"[3]

而最早从正面对民间文学特点给予了比较明确而深入的总结的人，大概要数东汉时的班固和何休。班固在《汉书·艺文志》中说：

---

① 程俊英、蒋见元.诗经注析.北京：中华书局，1999年，第294页
② 程俊英、蒋见元.诗经注析.北京：中华书局，1999年，第291页
③ 程俊英、蒋见元.诗经注析.北京：中华书局，1999年，第374页

自孝武立乐府而采歌谣，于是有代、赵之讴，秦、楚之风，皆感于哀乐，缘事而发，亦可以观风俗，知厚薄云。①

小说家者流，盖出于稗官。街谈巷语，道听途说者之所造也。孔子曰：'虽小道，必有可观者焉，致远恐泥，是以君子弗为也。'然亦弗灭也。闾里小知者之所及，亦使缀而不忘。如或一言可采，此亦刍荛狂夫之议也。②

何休在《春秋公羊传·宣公十五年解诂》中说：

男女有所怨恨，相从而歌。饥者歌其食，劳者歌其事。③

"感于哀乐，缘事而发"，"饥者歌其食，劳者歌其事"，是对民歌产生原因、思想内容及现实主义精神的准确概括；"亦可以观风俗、知厚薄"、"一言可采"等则涉及了民间文学的社会功用和价值问题。不过，班固所言还不能看作完全的民间文学，而且其肯定的态度也多有保留，他同时所说的"诸子十家，其可观者九家而已"④，即将"小说"给挤出了所谓"可观者"之列。比班固稍晚的张衡在其《西京赋》中，也涉及并肯定了"街谈巷议"的"小说"的功用问题："街谈巷议，弹射臧否，剖析毫厘，擘肌分理"、"匪唯玩好，乃有秘书。小说九百，本自虞初"⑤。

显然，曹植正是在前人所论基础上，更进一步地提出了自己对于民间文学的见解。他所说的"街谈巷说"，指有文学色彩的民间传说、故事、俳优小说之类；"击辕之歌"，据《文选》卷四二李善注引崔骃语："窃作颂一篇，以当野人击辕之歌"⑥，当指穷乡僻壤劳动人民的歌谣之作；"匹夫之思"，指蕴涵在"街谈巷说"与"击辕之歌"中的劳动人民的思想感情。曹植这番话，比起他的前人来，无论在广度还是深度方面都有了新的开拓，达到了一个新的水平。就广度而言，曹植以整个民间文学作为评述对象，论及了当时民间文学的主要体裁，既谈到了形式，又谈到了内容（匹夫之思），就深度而言，曹植不再局限于对民间文学某些具体方面、特点的评述，而是在高度抽象的基础上，对民间文学的价值和地位作了肯定，态度异常明确、大胆、热情。"必有可采"与"如或一言可采"相比，含义相差是很大的；"有应风雅"也绝不仅仅是作简单的类比。"风雅"即《诗经》中的"国风""大雅"和"小雅"，我们知道，《诗经》在战国时代被儒家列为"六艺"之一，

① （汉）班固.汉书.北京：中华书局，1962年，第1756页
② （汉）班固.汉书.北京：中华书局，1962年，第1745页
③ 郭绍虞.中国历代文论选.上海：上海古籍出版社，2003年，第5页
④ （汉）班固.汉书.北京：中华书局，1962年，第1746页
⑤ （梁）萧统编.（唐）李善等注.六臣注文选.北京：中华书局，1987年，第52，55页
⑥ （梁）萧统编.（唐）李善注.六臣注文选.北京：中华书局，1987年，第790页

到了汉代又被奉为经典，被封建统治者认为是一切学术之上的学术，是政治、伦理的教科书，其地位之高可以想见。曹植将"野人击辕之歌"与之相提并论，这是很需要一些勇气的。曹植的看法不仅大大超越了他的前人，在当时也是独树一帜的。建安文人普遍喜爱民间文学，比如曹操，就十分爱好乐府民歌和民间俗乐。《三国志》注引《曹瞒传》说，曹操"好音乐，倡优在侧，常以日达昔。"①但从理论上正面予以肯定的，却只有曹植一人。曹丕写了《典论·论文》等理论批评著作，探索了多方面的问题，但对民间文学却几乎没有涉及。在此后漫长的历史长河中，曹植的见解也始终独具异彩。

鲁迅说："歌，诗，词，曲，我以为原是民间物"②，"偶有一点为文人所见，往往倒吃惊，吸入自己的作品中，作为新的养料。旧文学衰颓时，因为摄取民间文学或外国文学而起一个新的转变，这例子是常见于文学史上的。"③确实，文学史上著名的作家和作品，都与民间文学有千丝万缕的联系，历次文学创作的高潮都与民间文学直接间接的推动有关。这是文学发展的一条重要规律。但这一规律对于民间文学给予文人文学的深刻影响，在古代却是极少有人意识到的。曹植的可贵之处，就在于他在一定程度上意识到了这一点，并初步从理性上进行了探索。"必有可采"、"未易轻弃"云云，不仅肯定了民间文学是一个可供采掘的宝藏，而且涉及了文人应对这一宝藏持何态度的问题。班固所云"如或一言可采"，主要指采纳对于统治者的政治思想统治有参考价值的言论，如鲁迅《古小说钩沉序》所云："是则稗官职志，将同古'采诗之官，王者所以观风俗知得失'矣。"④随着时代的发展和文学观念的变化，曹植进一步认为文人应当尊重民间文学，文人文学应注意从民间文学中吸取养料和形式。如果从曹植的创作实践来加以考察，便会发觉这种用意是相当明显的。在建安时代，曹植称得上是一个学习民间文学的楷模，在其创作中随处可以看出民间文学的影响。余冠英先生对此有深刻认识，"曹植笔下依然保持着闾里歌谣刚健、清新、明白诚恳的本色，不致因为运用'雅词'而致柔弱，或丧失自然。"⑤

史书上也有曹植对民间文学熟悉喜爱的记载，《三国志·魏书·王卫二刘傅传》裴松之注引鱼豢《魏略》云：

> 太祖遣邯郸淳诣植。植初得淳甚喜，延入坐，不先与谈。时天暑热，植因呼常从取水自澡讫，傅粉。遂科头拍袒，胡舞五椎锻，跳丸击剑，诵

① （晋）陈寿撰（宋）裴松之注.三国志.北京：中华书局，1964年，第54页
② 鲁迅.鲁迅全集.第13卷.书信.北京：人民文学出版社，2005年，28页
③ 鲁迅.鲁迅全集.第6卷.且介亭杂文.门外文谈.北京：人民文学出版社，2005年，97页
④ 鲁迅.鲁迅全集.第10卷.古籍序跋集.北京：人民文学出版社，2005年，3页
⑤ 余冠英.汉魏六朝诗选·前言.北京：人民文学出版社，1984年，第10页

俳优小说数千言讫，谓淳曰："邯郸生何如耶？"①

曹植在此显示了对俳优小说非常浓厚的兴趣！他且舞且诵，颇带一些民间戏曲表演的味道。"俳优小说"当是与笑话有关的一类民间诙谐小说。邯郸淳与曹氏父子交往甚厚，《隋书·经籍志》著录其《笑林》三卷，鲁迅《中国小说史略》称其为"后来诽谐文字之权舆。"②曹植在邯郸淳面前诵俳优小说，是在向笑话专家显示自己的"笑话"修养。曹植以小说作为取悦于人的交际方式，很显然可以看出他并没有轻视小说的意思；或者说他看中了小说的娱乐功能和交际功能，而没有考虑它"君子弗为"的一面。曹植的《鹞雀赋》也以寓言故事的形式、通俗平易的语言来表现生活现实，很可能接受了有关的民间故事、俳优小说的影响。关于这一点，曹道衡先生说："曹植的《鹞雀赋》，甚至可能直接从民间文学中受到启发。"③"这篇赋采用寓言故事的形式，文字也平易，和一般的赋不同。这种借两只鸟的对话来讽刺人物的笔法，和敦煌所发现的唐代俗赋《燕子赋》，在于手法上有明显的类似之处。"④程章灿也说："建安赋家还吸收了民间语言，以口语体作赋，曹植《鹞雀赋》是最典型的例子。"⑤

此外，从曹植对汉代乐府民歌的学习和继承中，亦可见出他对民间文学的认识和重视程度。对此，张可礼先生论述到："建安文人十分重视乐府民歌，深受汉乐府民歌中的五言诗的影响。"⑥汉乐府所采风谣皆来自民间，它们是人民大众生活和心声的真实记录和反映，其中虽不乏大胆的想象和夸张成分，但现实性是其主要特点，班固说它"感于哀乐，缘事而发"⑦，如《妇病行》、《孤儿行》、《十五从军征》等叙事类诗歌内容庞杂，不一而足。曹植是这一时期文学创作上最有成就的作家，他的诗一半以上是乐府歌辞（多数为出自"汉世街陌谣讴"的相和歌辞和杂曲歌辞），形式主要用五言（这是当时民间新起的一种形式，被正统文人视作俗调、俗体），不仅直接承继了乐府民歌的现实主义精神，不少诗的写作还直接受到民歌启发，甚至直接从中脱胎出来，在语言、表现手法、风格等方面也多所借鉴。这些，使得曹植诗歌具有了鲜明的民歌化特色，如作于随曹操征乌桓途中，表现边海人民困苦生活的《泰山梁甫行》，描写战争年代流浪之人奔走飘荡之苦的《门有万里客行》，描写豪贵子弟悠游岁月的《名都篇》等，都是诗人用他富有才情的笔为我们描绘出了汉末社会的不同横断面。

① （晋）陈寿撰（宋）裴松之注.三国志.北京：中华书局，1964年，第603页
② 鲁迅.鲁迅全集.第9卷.中国小说史略.北京：人民文学出版社，2005年，66页
③ 曹道衡.中古文学史论文集.北京：中华书局，2002年，第25页
④ 曹道衡.中古文学史论文集.北京：中华书局，2002年，第19页
⑤ 程章灿.魏晋南北朝赋史.南京：江苏古籍出版社，1992年，第52页
⑥ 张可礼.建安文学论稿.济南：山东教育出版社，1986年，第26页
⑦ （汉）班固.汉书.北京：中华书局，1962年，第1756页

另外，曹植对同样来自民间的谜语这种文体也很在行（其谜语已佚），这从刘勰《文心雕龙·谐隐》中的肯定即可清楚：

> 谜也者，迴互其辞，使昏迷也。……荀卿蚕赋，已兆其体。至魏文、陈思，约而密之。①

谜语这种体裁本也是来自民间的。

曹植能够这样多方面地接受民间文学的影响，自然不可能是纯出偶然。如果没有比较明确的理性认识的指引，单凭个人不自觉的、即兴式的猎奇，要取得这样的成绩是难以想象的，只能认为，曹植"必有可采"、"未易轻弃"的认识在一定程度上涉及了文人文学与民间文学的关系这一文学发展的基本问题，对于民间文学价值、地位和作用的认识突破了前人"观风俗，知得失"的局限，开辟了一个全新的角度。

曹植这种对民间文学的重视是有影响的，对此，钱钟书先生说：

> 陈王植《鹤雀赋》，按游戏之作，不为华缛，而尽致达情，笔意已似《敦煌琐掇》之四《燕子赋》矣。雀获释后，公姬相语，自夸："赖我翻捷，体素便附"云云，大类《孟子·离娄》中齐人外来骄其妻妾行径，启后世小说中调侃法门。（《管锥编》）②

而程章灿也谈到："他（指曹植）自民间文学土壤中吸取营养是自觉的。显然，在建安赋日益雅化、文人化的线索之外，还有一条隐约出现的民间文学影响的痕迹。因之，当我们读到敦煌变文中的《燕子赋》时，会油然想到《鹤雀赋》，而并不觉得陌生"③。

总的来说，曹植对文学是非常重视的。在建安时期，"主爱雕虫，家弃章句"（《宋书·臧焘传论》）④，文学获得了独立的地位。当时人们对文学的价值和作用，认识虽然不尽一致，但重视文学却是时代的风尚。这一点，就其主导方面来说，对当时和后来的文学的影响都是积极的。在这一方面，曹植也做出了自己的贡献。

---

① 范文澜.文心雕龙注.北京：人民文学出版社，1978年，第271页
② 钱钟书.管锥编.北京：中华书局，1999年，第1059页
③ 程章灿.魏晋南北朝赋史.南京：江苏古籍出版社，1992年，第52页
④ （梁）沈约.宋书.北京：中华书局，1974年，第1552页

二、文学创作论

（一）雅好慷慨的创作倾向

曹植作为建安文坛创作实绩最为突出的作家,对于创作有深刻的体会和理解,提出了一些有价值的见解,最引人注目的就是"雅好慷慨"。它表明,曹植在创作中十分重视情感问题,尤其是一种悲伤的情感之于创作的作用。

在曹植的《前录自序》中说:

> 余少而好赋,其所尚也,雅好慷慨,所著繁多。虽触类而作,然芜秽者众。

这段话有两点值得注意:一是"雅好慷慨",二是"触类而作"。

先来看看"雅好慷慨"一语:

"慷慨",《说文解字》中说:"忼慨也,忼慨,壮士不得志于心也。"对于"忼"字,段玉裁注:"俗作慷"。"慨"字《说文解字》中说:"忼慨也。"段玉裁注:"忼慨也,双声也,他书亦假忾为之。作忼忾。"① 在字的组成上看,"忼"字是由"心"和"亢"组成,"亢"字《说文解字》中解释为"人颈也。'段玉裁注:"亢之引申为高也"②,"慨"是由"心"字和"既"字组成,"既"字《说文解字》中释为"小食也。"段玉裁注:"引申之义为尽也已也。""既者,终也。终则有始,小食则必尽,尽则复生。"③由此我们推测"忼"指具有高远的理想,是向上的心理状态,而"慨"指穷途末路时的心理感受。所谓"慷慨",乃是直抒胸臆、意气激荡之意。其情感特征有两方面,一是激越、强烈,故王运熙、杨明称"这是在批评史上第一次明确地表达了对强烈情感的爱好"④;二是悲伤,所谓"壮士不得志于心"是也。

其次,曹植的"触类而作"所指陈的仍是文学创作中的情感问题。关于"触类",赵幼文先生注为"接触事物"⑤,笔者认为,这个解释是很合理的。触类而作,说明他不论是诗赋中表现了怎样复杂变幻的情感,都是基于对现实生活的感发。

---

① （清）段玉裁注.说文解字注.上海:上海古籍出版社,1981年,第503页
② （清）段玉裁注.说文解字注.上海:上海古籍出版社,1981年,第497页
③ （清）段玉裁注.说文解字注.上海:上海古籍出版社,1981年,第216页
④ 王运熙、杨明.中国文学批评通史（魏晋南北卷）.上海:上海古籍出版社,1996年,第47页
⑤ 赵幼文.曹植集校注.北京:人民文学出版社,1984年,第435页

看他的《幽思赋》就可以发现，作者之所以有着那样强烈的吟诗作赋的冲动，就是因为他经受了"顾秋华"、"感岁暮"、"观鱼跃"、"仰清风"等待一系列物色之感的情况下才产生的。在另一些诗赋中，他还说得更为简括，《神龟赋》中说："龟寿千岁，时有遗余龟者，肌肉消尽，唯甲存焉，余感而赋之。"在《赠白马王彪序》有云："盖以大别在数日，是用自剖。与王辞焉，愤而成篇。"又如《赠白马王彪》："感物伤我怀，抚心长叹息。"《九咏》："感汉广兮羡慕游女，仰激楚兮咏湘娥。"这也与钟嵘的《诗品》中所说"气之动物，物之感人，故摇荡性情，形之舞咏"①的观点是相通的。他现存的四十五篇辞赋都是咏物抒情之作，他把现实中受压抑的情绪转而在辞赋里抒写和寄寓出来。

曹植"雅好慷慨"、"触类而作"，强调、重视文学创作中那种激越强烈、悲伤失意情感的思想，还广泛、深切地表现在他成就巨大的文学实践活动当中。他曾说徐干的创作"慷慨有悲心，兴文自成篇"（《赠徐干》），其实，用它来概括他自己创作的特征倒是十分恰当的。故钟嵘在《诗品》中谓之："词采华茂，情兼雅怨，体被文质，粲溢今古，卓尔不群。"②具体言之，"雅好慷慨"的审美倾向表现在曹植的文学创作中，即是多慷慨悲凉之作，多悲伤题材的表现。据笔者统计，曹植的诗文中有七十余条含"悲"或"伤"的句子。同时，曹植"雅好慷慨"的创作审美情趣也表现在他对外界景物的择取上。他笔下明媚温和的景象并不多见，大多数景物都带着一股悲凉凄厉的情调，他往往给景物冠以"悲"、"惊"、"孤"等字眼，使自然景物带上人的主观感情色彩。如他描写风："高台多悲风，朝日照北林"（《杂诗一》），"惊风飘白日，光景驰西流"（《箜篌引》）；再如描写禽兽："孤雁飞南游，过庭长哀吟"（《杂诗一》）"孤兽走索群，衔草不遑食"（《赠白马玉彪》），这些自然景物经过曹植的选择，成为他作品中一系列的审美意象，来渲染烘托作品的悲凉气氛。如此种种，都大可说明曹植创作中突出的"雅好慷慨"的审美倾向，而这又都与曹植的性格气质、生平遭遇以及所处的时代有很大关系。

首先，曹植的这一审美倾向与建安时代的时代精神和社会风尚是分不开的。建安时代战乱不已，生民涂炭，一些饱经忧患的文人志士面对着"白骨露于野，千里无鸡鸣"③的悲惨现实，悯时伤乱，慷慨悲歌。社会的变化，使建安时代出现了思想解放的新局面，人们冲破了汉代经学的束缚，面对宇宙，面对现实和人生，进行新的思考；他们曾在无穷的宇宙面前感到"天地无期竟，民生甚局促"（刘桢《失题》）④的人生悲哀，但他们没有在悲哀中颓废，在酒色中沉湎，而是表现出积极进取，希望建功立业，垂名后世的精神风貌，如曹操"老骥伏枥，志在千

---

① 曹旭.诗品集注.上海：上海古籍出版社，1996年，第1页
② 曹旭.诗品集注.上海：上海古籍出版社，1996年，第97页
③ （魏）曹操.曹操集.北京：中华书局，1974年，第6页
④ 俞绍初.建安七子集.北：中华书局，1989年，第187页

里；烈士暮年，壮志不已"（《步出夏门行》）①；王粲"虽无铅刀用，庶几奋薄身"（《从军诗》）②；陈琳"建功不及时，钟鼎何所铭？"（《游览》）③等等。由此而影响及对文学功能的理解上，建安文人遂得以全面摆脱了汉人拘执于"美刺"、重视政治教化的狭隘观念，转向特别崇尚抒情性。重视情感，尤其是重视鲜明强烈的情感，并以之作为辞赋批评的重要标准，以情感尺度逐渐替代政教尺度，开始成为当时文人主要的审美价值取向。于是，建安文人在以个人自我表现为中心，以日常生活为题材的创作中，把他们那种宏大的抱负、昂扬的意气、强烈的社会责任感，都一一汇流在诗句中，从而形成了建安文学"慷慨任气"的时代特征。故刘勰对此论述到：

> 观其时文，雅好慷慨，良由世积乱离，风衰俗怨，并志深而笔长，故梗概而多气也。④

鲁迅先生说："慷慨就因为天下大乱之际，亲戚朋友死于乱者特多，于是为文就不免带着悲凉、激昂和慷慨了"⑤，王瑶先生也说："具体一点说，在内容方面，因为建安是乱世，文人饱尝流离，生活的感触多，把这种感触表现在诗里，就多了一层'情'的成分，这就是'以情纬文，以文被质'"⑥，等等，与刘勰的认识其实都是一层意思。

同时，建安时期人们欣赏悲哀的音乐成为一代风尚。以悲哀之乐为美的审美意识在中国古代早已萌发，汉代以来，风气日盛，"时京师宾婚宴会……酒酣之后，续以挽歌"⑦；大将军梁商宴宾客于洛水之上，"酣饮极欢，及酒阑倡罢，继以《薤露》之歌，坐中闻音，皆为掩涕"⑧。文学作品中对悲乐的描写汉代就屡见不鲜，到了建安，人们对悲乐的兴趣依然不减，繁钦在《与魏太子书》中向曹丕描绘一位歌女的歌声："潜气内转，哀音外激，……同坐仰叹，观者俯听，莫不泫泣殒涕，悲怀慷慨。"⑨曹丕《善哉行》写道："哀絃微妙，清气含芳。流楚激郑，度宫中商。感心动耳，绮丽难忘。"⑩王粲《公宴诗》："管絃发徽音，曲度清且悲。"⑪人们在欣赏音乐时把悲哀之乐作为一种审美对象，以获得精神上的愉快，以悲哀之乐为美

---

① （魏）曹操.曹操集.北京：中华书局，1974年，第21页
② 俞绍初.建安七子集.北：中华书局，1989年，第88页
③ 俞绍初.建安七子集.北：中华书局，1989年，第33页
④ 范文澜.文心雕龙注.北京：人民文学出版社，1978年，第673页
⑤ 鲁迅全.鲁迅.鲁迅选集.第3卷.而已集.北京：人民文学出版社，2005年，第526页
⑥ 王瑶.中古文学史论.北京：北京大学出版社，1986年，第218页
⑦ （宋）范晔撰 （唐）李贤等注.后汉书.北京：中华书局，1973年，第2028页
⑧ （宋）范晔撰 （唐）李贤等注.后汉书.北京：中华书局，1973年，第3273页
⑨ （清）严可均.全上古三代秦汉三国六朝文.北京：中华书局，1985年，第977页
⑩ 逯钦立.先秦汉魏晋南北朝诗.北京：中华书局，1983年，391页
⑪ 俞绍初.建安七子集.北：中华书局，1989年，第86页

已成为社会的审美风尚。故钱钟书先生说：

> 吾国古人言音乐以悲哀为主。①
> 奏乐以生悲为善音，听乐以能悲为知音，汉魏六朝，风尚如听。②

和当时人们的爱好一致，曹植也十分欣赏悲哀之乐，这在他的作品中常常有所表现："搦素筝而慷慨，扬大雅之哀吟"（《幽思赋》）；"笙磬既设，筝瑟俱张。悲歌厉响，咀嚼清商"（《元会》）；"慷慨有余音，要妙悲且清"（《弃妇篇》）。曹植将悲乐放在作品中着意描写，其审美情趣可略见一斑。这种对悲乐的审美活动，也必然影响并作用于他的文学创作，所以，他的创作中许多题材都是有悲凉慷慨的特征。如《送应氏一》细致地描绘出洛阳遭战火浩劫之后荒凉破败的景象："垣墙皆顿擗。荆棘上参天。……中野何萧条，千里无人烟"。《泰山梁甫行》则是一幅难民生活的素描。触目惊心的现实，强烈地刺激着他的心灵，他忧时忧民，感慨万端，将自己慷慨的情怀用悲歌表现出来。感叹人生是建安文学的一大主题，曹植也不例外，他为岁月流逝、人生短促惊呼哀叹，"惊风飘白日，光景驰西流。盛时不再来，百年忽我遒"（《箜篌引》），"人居一世间，忽若风吹尘"（《薤露行》）。这不是无病呻吟，它是志士感于时不我待而发出的浩叹，是以"输力于明君"的人生理想作为思想基础的，因此，在悲哀之中洋溢着一股慷慨的情绪。曹植的这些悲歌，虽然都是感于社会、人生而发的，也与他"雅好慷慨"的审美情趣密切相关。首先，曹植把悲凉慷慨作为自己创作的审美追求，经常选择带有悲剧性的题材，而且着力渲染悲凉哀怨的气氛，努力使作品具有符合时代审美风尚的艺术效果。同时，也能给人强烈的刺激，使人们感受到一种崇高精神力量。伽尔文·托马斯说："我们倒是更喜欢那些痛苦的、可怕的和危险的事物，因为它能给我们更强烈的刺激，更能使我们感到情绪的激动，使我们感到生命。"③这种潜在心理因素影响着曹植"雅好慷慨"的审美情趣，也影响着他的创作取向和艺术风格。

其次，也跟曹植的生平遭际，尤其是其后期生活中的坎坷不幸有莫大关系。他有过前后两种不同的生活境遇，分界即公元220年曹丕即位，后期的曹植受到曹丕、曹叡种种刁难和打击，整日感到"身轻于鸿毛，谤重于泰山"。但即便如此，他也从没放弃过"戮力上国，流惠下民，建永世之业，流金石之功"的志向抱负。由此而使这时期他的作品大都抒发内心的悲伤，带有浓厚的悲剧色彩。如《洛神赋》写了一个人神相恋的悲剧故事，整篇赋弥漫着凄凉哀婉的情绪，曲折地表现了曹植空怀美好理想而无法实现的苦闷。《野田黄雀行》虽是一首寓言式的短诗，

---

① 钱钟书.管锥编.第三册.北京：中华书局，1999年，第949页
② 钱钟书.管锥编.第三册.北京：中华书局，1999年，第946页
③ 转引自朱光潜.悲剧心理学：各种悲剧快感理论的批判研究.北京：人民文学出版社，1983年，第196页

但作者眼看好友蒙难而无力相救的悲怆情绪,十分鲜明浓烈。《七哀》《美女》《种葛》等篇,写怨女思妇的悲苦,其中莫不寄寓着有志不骋的幽愤。曹植在抒发内心痛苦时,虽然不免哀婉幽怨,但其感情的基调仍属悲凉慷慨。

再者,曹植对文学"实录"功能的重视,也是形成其"雅好慷慨"的创作倾向的重要原因。他在《与杨德祖书》中,他说:"若吾志未果,吾志不行,则将采庶官之实录……",这种"实录"、"触类"的文学观点,应该是继承汉代乐府"感于哀乐,缘事而发"的现实主义精神的体现,强调的是文学源于生活、反映生活的文学创作思想,并在自己的诗歌作品中予以鲜明的体现。

曹植"生乎乱,长乎军",在汉末纷乱的社会里,在颠沛流离中,在后期的不幸遭遇中,都使他得以更加清醒地去正视现实,从而对人民的疾苦有了一些深刻的了解,如《泰山梁甫吟》直接描绘了边海人民的悲惨生活,对战乱中的民生凋敝寄予了深切的同情。这时的名篇有《赠白马王彪》、《杂诗》等。他的《赠白马王彪》一反过去那种隐晦曲折、哀怨如诉的笔触、以激越的情调,毫不掩饰地倾吐了内心淤积的愤然情怀,揭露和批判统治者的残暴凶狠。方东树在《昭昧詹言》卷二中云:"此诗气体高峻雄浑,直书见事,直书目前,直书胸臆,浓郁顿挫,淋漓悲壮。……遂开杜公之宗。"①在我国文学批评史上,传统文学观的美刺作用,主要是为封建统治阶级服务的,要求诗人在以诗规讽统治者时,必须通过委婉曲折的方式,不要过于切直刻露,以维护封建统治者的尊严。而曹植的"实录"和"愤而成篇"的一些诗作,"直书见事,直书目前,直书胸臆",体现了建安诗人的特点,富有较强的批判力量,对后世文学产生了较为深远的影响。唐朝杜甫现实主义诗歌高峰的出现,不能不说与沉雄悲壮的建安诗风有着渊源的历史联系。

(二)神思

想象为诗歌之原质,艺术想象其实是文学艺术创作中必需的心理活动机能,是创作的基本思维之一,其重要性与特点早为许多中外文论家所察觉。亚里士多德在他的《诗学》中,对历史与诗的界定是:历史是叙述已经实现的事物,而诗是叙述尚未实现的事物。②我们知道,文学中的许多分野,大体上是由诗发展出来的。所以,亚里士多德对诗的界定,也可适用其他重要的文学分野。由他这个界定,我们可以明白,文学乃生活于想象之中的。对此,徐复观在《中国文学精神》中也曾说:

---

① 河北师范学院中文系古典文学教研组编.三曹资料汇编.北京:中华书局,1980年,第215页
② (希腊)亚里士多德.诗学.北京:人民文学出版社1984年,第28页

在文学与史学的想象中，假定要作质的区别，我可以简单说一句，挟带着感情的想象是文学的想象，不挟带着感情的想象是史学的想象。文学的想象，可以说想象的自身便构成文学。①

他还说：

由感情所推动的想象，与感情融合在一起的想象，这才值得称为"文学的想象"。不是由感情所推动，不与感情融合在一起的，这便不是想象而是空想。"文学之真"，指的是在想象中的感情，及由想象所赋予感情的力量，感情是人生之真，所以与感情融合在一起，并对感情的表现给予莫大助力的想象，便也是真的。若从想象中抽掉了感情，也就等于从想象中抽调了真实。②

就中国文学思想史来看，"想象"一语，也是出现得较早的。早在先秦时期，屈原的《远游》中就已出现："思旧故而想象兮，长太息而掩涕。"③当然，最终从文学思想层面上深入展开论述文学想象问题的是魏晋南北朝时期的陆机和刘勰。陆机《文赋》有"精骛八极，心游万仞"④的论述，而刘勰的《文心雕龙》更是有《神思》这样专门讨论文学创作中"形在江海之上，心存魏阙之下"、"悄焉动容，视通万里"⑤的想象问题的篇章，如此等等都可视作中国古代对文学想象理论的精彩描述。

其实，早在陆机、刘勰之前的曹植那里，就已谈及文学创作中的想象问题。其《七启》篇中"独驰思乎天云之表，无物象而能倾"，《洛神赋》中"于是背下陵高，足往神留，遗情想像，顾望怀愁。冀灵体之复行，御轻舟而上溯。浮长川而忘返，思绵绵而增慕。夜耿耿而不寐，沾繁露霜而至曙"等等描述，无疑都涉及了文学想象问题。尤其是《洛神赋》中那段描述，与后来陆机论述作家进入文思状态时"情瞳眬而弥鲜，物昭晰而互进"⑥以及刘勰说明凭借想象可做到"形在江海之上，心存魏阙之下"⑦等几乎没什么分别。

而最能说明曹植有关文学想象这一思想的是"神思"概念的提出。众所周知，在中国古代，文学想象被表述为"神思"，刘勰《文心雕龙·神思》篇是有关这一理论的全面总结和阐述。但最早将"神思"二字连在一起使用的，却是曹植，

---

① 徐复观.中国文学精神.上海：上海世纪出版集团，2006年，第82页
② 徐复观.中国文学精神.上海：上海世纪出版集团，2006年，第82页
③ "思故旧以想象"之"象"，亦作"像"，古字中二者通用。详见姜亮夫著《重订屈原赋校注》，天津：天津古籍出版社，1987年，第581页
④ 金涛声.陆机集.北京：中华书局，1982年，第1页
⑤ 范文澜.文心雕龙注.北京：人民文学出版社，1978年，第493页
⑥ 金涛声.陆机集.北京：中华书局，1982年，第1页
⑦ 范文澜.文心雕龙注.北京：人民文学出版社，1978年，第493页

他在作于建安年间的《宝刀赋》中首先运用了这一概念，其赋云：

> 乌获奋椎，欧冶是营。扇景风以激气，飞光鉴于天庭。爰告祠以太乙，乃感梦而通灵。然后砺以五方之石，鉴以中黄之壤；规圆景以定环，摅神思而造象。垂华纷之葳蕤，流翠采之滉瀁。

这不是一篇文学理论文字，而是一篇陈述铸造宝刀体验的文学作品。对这段文字的理解歧义并不多，问题出在对"规圆景以定环，摅神思而造象"的解释上。前一句意思是说给宝刀精心锻造一个日形的柄，而对后一句的解释却有较大的分歧。分歧集中在对"神"、"思"的注释和理解上。"神"应为神灵，或释为神妙，都通。"思"有人疑为"功"，如丁晏《曹集诠评》曰："《艺文》作功。"赵幼文在《曹植集校注》同意这种说法："案作功是"。[①]依此说，"神功"意指卓绝之技巧，整个句意就为发挥卓绝的技巧打造宝刀的形状。这样，"思"的意义就没有了。此种解说虽然通顺，但细考目前流传曹集诸本，除《艺文类聚》的辑录之外，无一作"功"者。[②]"功"无论从形象上还是从意义上均与"思"相差很大，何以能发生关系？若怀疑古人误抄，为何诸本均作"思"而无一本作"功"？笔者认为，这里的"神思"应结合上下文来理解，它从上文的"感梦通灵"而来，应该意指神启而产生思绪，即铸造者受神灵的启发而产生的一种奇妙的幻象和思绪，然后依据神启的幻象而造象，从而使锻造出的宝刀"垂华纷之葳蕤，流翠采之滉瀁"。因此，"神思"是一个带有神性的形上思维层面的问题，不只是一个形下技艺方面的问题。只有从这样的角度来理解，才符合曹植的原本意图。

曹植的"神思"带有神性色彩，是思维层面的问题，这一点，我们还可以从曹植的其他文章找出印证，说明他提出"神思"概念的可能。《七启》云：

> 玄微子隐居大荒之庭，飞遁离俗，澄神定灵，轻禄傲贵，与物无营，耽虚好静，羡此永生。独驰思乎天云之表，无物象而能倾。

《洛神赋》云：

> 于是精移神骇，忽焉思散，俯则未察，仰以殊观。……于是背下陵高，足往神留，遗情想像，顾望怀愁。冀灵体之复形，御轻舟而上溯。浮长川而忘反，思绵绵而增慕。夜耿耿而不寐，沾繁霜而至曙。

---

① 赵幼文.曹植集校注.北京：人民文学出版社，1984年，第162页

② 《宝刀赋》中"摅神思而造象"一句，在严可均校辑《全上古三代秦汉三国六朝文》（中华书局，1985年，1128页）中，作"神思"；在朱绪曾《曹集撰考异》亦作"神思"（《续修四库全书》1303卷，上海古籍出版社，2002年，第456页）；在丁晏诠评《曹子建十卷逸文一卷》中仍用作"神思"，只是注曰：《艺文》作"功"，（《续修四库全书》1303卷，第591页，上海古籍出版社，2002年）

这几段话虽然没有明确言说"神思"这一整体的概念,但与《宝刀赋》中的"神思"联系紧密,它们所展示的都是一个神性的境界,表达的意旨相同。这里的"神"与《宝刀赋》中的"神"含义不同,不是指神灵,而是指人的精神,但是与"思"的行为相承接,意谓"思"是由"神"所发出,"思"与"神"是一体化的。《七启》中的玄微子就是一个虚构中的神性人物,他的"澄神定灵"是"驰思乎天云之表"的前提条件,与"感梦通灵"在思维的精神上保持一致。这其实说明了进入运思或想象的过程中,还必须使审美主体在心理上完全处于一种"虚静"的状态,这也正与刘勰所谓"陶钧文思,贵在虚静"①描述的心理状态是相同的。而《洛神赋》作为一篇对神女的痴狂想象,其"足往神留,遗情想像",则典型表现了"神思"定型后的思维特征。前面已经说过,《宝刀赋》并不是一篇文学理论性的文字,而是一篇陈述铸造宝刀体验的文学作品。宝刀的铸造是一个惊心动魄的过程,这一过程与文学艺术中的想象却有着很大的相通之处,这种相通就体现出在文学创作中由于感情的激荡而不自觉地运用想象进行文学艺术创作。

曹植稍后,不少人都运用了"神思"这一概念,这也从侧面说明了曹植最早提出这一概念的可能。如《三国志·蜀书·杜琼传》引谯周语:"由杜君之辞而广之耳,殊无神思独至之异也。"②《三国志·吴书·楼玄传》引华覈语:"陛下既垂意博古,综极艺文,加勤心好道,随节致气,宜得闲静以展神思,呼翕清淳,与天同极。"③《晋书·刘寔传》云:"平原管辂尝谓人曰:'吾与刘颖川兄弟语,使人神思清发,昏不假寐。'"④仔细辨别,各家"神思"的意义有一定的差异,或言驰神运思,或言神奇妙思,但都统一于思维这一领域。在这方面,曹植的首倡功不可没。他的"摅神思而造象"之说,对"神思"内涵的形成产生了决定性的影响。

如果说曹植《宝刀赋》还只是显示了他对文学创作中文学想象作用的比较初步的理论自觉的话,那么,这种自觉在其成就巨大的文学创作中由实践层面表现得更为充分,反过来进一步确证了他在文学想象问题上的这种理论自觉。换句话说就是,曹植通过其文学实践活动感性直观地传达了他如何重视文学创作中的艺术想象问题。而这,一方面与他这个人的性格有关。"一般说来,爱想象的人——或民族——往往有如儿童,不仅思绪飘忽跳荡,而且性格活泼开放,行为豪迈不羁。"⑤在与文人们聚会时,曹植常常"不治威仪。舆马服饰,不尚华丽"⑥,没有盛气凌人的架势,能与文人们以诚相待,颇获他们好感。不过,曹植也有他性格的

① 范文澜.文心雕龙注.北京:人民文学出版社,1978年,第493页
② (晋)陈寿撰(宋)裴松之注.三国志.北京:中华书局,1964年,第1022页
③ (晋)陈寿撰(宋)裴松之注.三国志.北京:中华书局,1964年,第1455页
④ (梁)沈约.宋书.北京:中华书局,1974年,第1198页
⑤ 葛兆光.想象力的世界.北京:现代出版社,1990年,第12页
⑥ (晋)陈寿撰(宋)裴松之注.三国志.北京:中华书局,1964年,第557页

另一面，他常"任性而行，不自雕励，饮酒不节。"①见到邯郸淳时的表现，都可以看出他是一个性格豪放，行为不羁的人，思想上的活跃、自由，也给了艺术想象的最大空间。

另一方面，则与其自身遭遇有密切的关系。如前所说，想象必须和情感结合在一起，才是真正的想象，否则是空想。钟嵘《诗品》以"情兼雅怨，体被文质"②八字来评价曹植，即是肯定了他作品里所表现出的丰富的哀怨之情。而这既跟他"雅好慷慨"的创作倾向相一致，也与其现实遭际紧密相关。可以这样说，正是来自社会现实生活中的沉重的压抑，才使得曹植寻求一种虚幻的解脱。由此，尤其是在曹植的晚年生活中，想象才成为其生活（在现实严重不遇的曹植这里，现实生活与创作生活其实是重合在一起的）中的一个重要内容，于是他每每有意无意地分析和描写自己的心理活动变化和情绪变化，如《释愁文》：

予以愁惨，行吟路边，形容枯悴，忧心如醉。有玄灵先生见而问之曰："子将何疾以至于斯？"答曰："吾所病者，愁也。"……"愁之为物，唯惚惟恍，不召自来，推之弗往，寻之不知其际，握之不盈一掌。寂寂长夜，或群或党，去来无方，乱我精爽。其来也难退，其去也易追……"

这里尽管运用了赋家笔法，但也能说明作者对这种心理活动体念得很深刻。

而且，曹植在其一生当中，尤其是在他的后半生，常有这样一个信念，即"信心足以动神明"，"精诚可以动天地金石"（《自诫令》），也就是说，他相信心灵具有巨大的力量，它能够感应而生灵变。其游仙诗和《洛神赋》等浪漫主义的作品，可说都是这种意识的产物。《精微篇》中那几个历史上遭受不幸的人物，都是因为他们的"精微"，使得天地感应，发生奇迹。《精微篇》云：

精微烂金石，至心动神明：杞妻哭死夫，梁山为之倾。子丹西质秦，乌白马角生。邹衍囚燕市，繁霜为夏零。

这种信念对曹植坎坷不幸的人生来说具有非同一般的意义，它成了他支撑生活的一个重要力量。作为诗人的曹植，这种来自生活的信念，很大程度上已经转化为艺术创造、艺术想象的一种原则，启发了他对浪漫主义艺术的追求。精微感应天地而发生奇迹，这只是神话，但挚情和激情能够引导想象力，从而产生宏伟的意象，导致广阔的境界的形成，这正是艺术创造的一个规律。因此，曹植的后期诗赋，常带有"神思"的色彩，魏人鱼豢已经感受到了这一点："余每览曹植

①（晋）陈寿撰（宋）裴松之注.三国志.北京：中华书局，1964年，第557页
②曹旭.诗品集注.上海：上海古籍出版社，1996年，第97页

之华采，思若有神。"①

再者，从曹植的文学实绩来看，他对《楚辞》的继承是相当明显的。王国维曾在《屈子之文学精神》一文中明确指出屈原主要的文学精神就是想象，"彼（指屈原）之丰富之想象力，实与庄、列为近。《天问》、《远游》凿空之谈，求女谬悠之语，庄语之不足，而继之以谐，于是思想之游戏，更为自由矣"②。《楚辞》的代表作《离骚》，表现了诗人驰骋的想象。楚国的社会黑暗，使屈原报国无门，陈情无人，因此，他便幻想上天下地寻求贤君明主，寻求志同道合之人。而曹植生命的后期，屡徙封地，受尽了压抑与迫害，深有"圈牢之养物"之感，这与屈原的际遇几乎完全相同，那么他继承屈原"想象"的文学精神，自在情理之中了。于是在《五游》篇中，曹植觉得"九州不足步，愿得凌云翔"，而把诗笔及于上游天界时所见盛况：

> 逍遥八纮外，游目历遐荒。披我丹霞衣，袭我素霓裳。华盖芳蓊蔼，六龙仰天骧。曜灵未移景，倏忽造昊苍。阊阖启丹扉，双阙曜朱光。裴徊文昌殿，登陟太微堂。上帝休西櫺，群后集东厢。带我琼瑶佩，漱我沆瀣浆。蹰躇玩灵芝，徙倚弄华芳。

很明显，这是直接祖于屈原的《远游》篇。在《远游》中，屈原写道：

> "悲时俗之迫阨兮？愿轻举而远游。质菲薄而无因兮，焉托乘而上浮。""吾将从王乔而娱戏！餐六气而饮沆瀣兮，漱正阳而含朝霞。……命天阍其开关兮，排阊阖而望予。召丰隆使先导兮，问大微之所居。集重阳入帝宫兮，造旬始而观清都。"③

两相比较，即可发现曹植的《五游》与屈原《远游》是多么相似。因此，黄节先生说："子建《游仙》、《五游》、《远游》诸篇，则尤极意模仿屈原者也"④。

曹植有如此丰富的想象力，还跟庄子道家精神的影响有关。在曹植的《七启》中，作为道家代表人物的玄微子"飞遁离俗，澄神定灵，轻禄傲贵，与物无营"，完全一派道家清心寡欲、与世无争的从容、淡定，他"隐居大荒之庭"，独得人生之乐，追求生命的自然和完美，这正是道家"全性葆真"思想的具体表现。虽然这篇文章是为了呼应曹操建安十五年（公元210年）颁发的《求贤令》，为了配合曹魏集团招揽人才的政策，因而劝进的意图非常明显。但不可否认的是，曹植受到了道家思想的影响。尤其是随着他自身境遇的变化，虽然建功立业依然是

① （晋）陈寿撰（宋）裴松之注.三国志.北京：中华书局，1964年，第578页
② 洪治刚.王国维经典文存.上海：上海大学出版社，2003年，第157页
③ （宋）洪兴祖.楚辞补注.北京：中华书局，1983年，第163页，167页，168页
④ 黄节.曹子建诗注（外三种）阮步兵咏怀诗注.北京：中华书局，2008年，第121页

曹植不变的人生追求，但是，环境的险恶使得他不得不首先考虑自己的性命安危，因此，在他后期作品中所呈现的道家思想，重点已经转向"全性葆真"的方面了。他写作的《玄畅赋》，作者明确提出要"匪逞迈之短修，长全贞而保素。"赋中的内容已经表明早期占作者主导的儒家思想已经退居其次，道家"全性葆真"的思想已经慢慢成为他的主导思想了。因而，他有一些作品则是直接学习庄子，如《髑髅说》，几乎都是学习庄子的笔法。

还有，当时佛教的传入，也使得想象世界变得丰富，这一点，袁行霈先生主编的《中国文学史》中这样写道：

> 佛教转入以前中国传统的思想中只有今生此世，既无前世也无来世，……佛教带来了三世（前世、今世、来世）的观念，因果、轮回的观念，以及三界、五道的观念。这样就把思维的时间和空间都扩大了，随之而来的就是人的想象世界也扩大了。①

而目前虽还看不到有直接材料说明曹植信佛，但他与佛教有着密切关系却可从不少资料得到佐证，如

刘敬叔《异苑》卷五：

> 陈思王曹植，字子建。尝登鱼山，临东阿，忽闻岩岫里有诵经声，清通深亮，远谷流响，肃然有灵气，不觉敛衿祗敬，便有终焉之志，即效而则之。今梵唱皆植依拟所造。"②

释道世《法苑珠林》卷四十九：

> 植每读佛经，辄流连嗟玩，以为至道之宗极也。③

如此，则曹植受佛教影响而在文学创作中扩大其想象世界，当是可能的。

综上可知，在曹植这里，已经开始从理论层面到实践层面都深切注意到了文学创作中想象的重要作用：尽管这种理论自觉意识还是比较初步的，但其所表现出的理论意义与价值却非同小可，当引起相关论者的重视。

---

① 袁行霈主编.中国文学史.北京：高等教育出版社，2001年，第18页
② 河北师范学院中文系古典文学教研组.三曹资料汇编.北京：中华书局，1980年版，第95页
③ 河北师范学院中文系古典文学教研组.三曹资料汇编.北京：中华书局，1980年版，第102页

（三）在诗歌创作中重视声律

　　虽然到目前为止，还没有发现有直接的文献资料可以说明曹植曾明确讨论了中国诗歌创作中的声律问题——这是中国文学思想中的一个重要内容——但大量的旁证材料以及曹植文学创作中实际而有的声律追求和表现，却完全能够说明曹植在声律问题上的自觉，由此而构成他文学思想的一个重要组成部分。

　　从建安到南朝，是古诗向律诗的转变时期，实现这个转变的关键是声律的研究和运用，而自东汉以来，随着佛教传入中国的印度声明论起到了很大的推动作用。陈寅恪先生《四声三问》就认为四声的发现与佛经的转读有关：

　　　　实依据及模拟中国之当日转读佛经之三声。而中国当日转读佛经之三声又出于印度古时声明论之三声也。①

　　曹道衡先生在《略论南北朝文学的评价问题》一文中也说："音韵学的兴起与佛教翻译有关似乎不无道理。"②也就是说，声律的发现当与佛经的转读有关。

　　那么曹植与佛经的转读梵呗有关吗？我们先看几则材料：梁释慧皎著《高僧传》卷十三《经师传论》，就说曹植对佛教梵音钻研颇深：

　　　　自大教东流，乃译文者众，而传声盖寡。良由梵音重复，汉语单奇。若用梵音以咏汉语，则声繁而偈迫；若用汉曲以咏梵文，则韵短而辞长。是故金言有译，梵响无授。始有魏陈思王曹植，深爱声律，属意经音。既通般遮之瑞响，又感鱼山之神制。于是删治《瑞应本起》，以为学者之宗。传声则三千有余，在契而四十有二。……昔诸天赞呗，皆以韵入弦绾。五众既与俗违，故宜以声曲为妙。原夫梵呗之起，亦兆自陈思。始著《太子颂》及《睒颂》等，因为之制声。吐纳抑扬，并法神授。今之皇皇顾惟，盖其风烈也。③

　　这里明确推曹植为中国文学首倡音韵说之祖。

　　刘敬叔《异苑》卷五：

　　　　陈思王曹植，字子建。尝登鱼山，临东阿，忽闻岩岫里有诵经声，清通深亮，远谷流响，肃然有灵气，不觉敛襟祗敬，便有终焉之志，即效而

---

①　陈寅恪.金明馆丛稿初编.北京：三联书店，2001年版，第367页
②　曹道衡.中古文学史论文集.略论南北朝文学的评价问题.北京：中华书局，2002年，第75页
③　（梁）释慧皎撰.汤用彤校注.高僧传.北京：中华书局，1992年，第507页

则之。今梵唱皆植依拟所造。"①

释道世《法苑珠林》卷四十九：

> 植每读佛经，辄流连嗟玩，以为至道之宗极也。遂制转赞七声，升降曲折之响，世之讽诵，咸宪章焉。尝游鱼山，忽闻空中梵天之响，清雅哀婉，其声动心，独听良久，而侍御皆闻。植深感神理，弥悟法应，乃摹其声节，写为梵呗，撰文制音，传为后式。梵声显世，始于此焉。其所传呗凡有六契。②

吴曾《能改斋漫录》卷二有言："梵音之始。《内典》：'陈思王子建游于鱼山，闻空中有梵音廖亮，乃教人效之，得传于今。'"③

沈约也有云："子建函京之作……并直举胸情，非傍诗史，正以音律调韵，取高前式。"④

从这些材料即可看出，曹植在"梵音"的基础上有所创作，"删治《瑞应本起》，以为学者之宗。创声三千有余，在契则四十有二"。一契便是一个曲调，四十二契便是四十二个曲调联奏。这种"鱼山呗"已经出现了与印度佛曲相异的形式，代表了佛曲华化的趋势。

今人范文澜先生进一步考证指出：

> 夫制梵呗，必精达经旨，洞晓音律，三位七声，次而无乱，五言四句，契而莫爽，其间起掷荡举，平折放杀，游飞却转，反叠娇哢，动韵则揄靡弗穷，张喉则变态无尽，故能超畅微言，令人乐闻也。曹植既首唱梵呗，作《太子颂》《睒颂》，新声奇制，焉有不扇动当世文人者乎！故谓作文始用声律，实当推原于陈王也。或疑陈王所制，出自僧徒依托，事乏确证，未敢苟同。况子建集中如《赠白马王彪》云："孤魂翔故域，灵柩寄京师"；《情诗》："游鱼潜绿水，翔鸟薄天飞；始出严霜结，今来白露晞"，皆音节和谐，岂尽出暗合哉。⑤

又曰：

> 李登在魏世撰《声类》十卷，为韵书之祖，大辂椎论，固不得于《切

① 河北师范学院中文系古典文学教研组.三曹资料汇编.北京：中华书局，1980年版，第95页
② 河北师范学院中文系古典文学教研组.三曹资料汇编.北京：中华书局，1980年版，第102页
③ 河北师范学院中文系古典文学教研组.三曹资料汇编.北京：中华书局，1980年版，第114页
④ （梁）沈约.宋书.北京：中华书局，第1779页
⑤ 范文澜.文心雕龙注.北京：人民文学出版社，1978年，第554页

韵》比，然亦当时文士渐重声律之一证矣。①

这里更明确地认为"作文始用声律，实当推原于陈王也"，即把声律的首倡之功，归于曹植。

徐公持先生也考证而谓："曹植为'梵呗''撰文制音'不见得是后人的假托，基本上可以相信"②，等等。

不过，曹道衡先生却不同意这种看法："没有任何旁证说明他（曹植）信佛，也不能证明他创造声律说。"③但笔者以为，信佛与否与制作梵呗并没有必然联系，说不信佛的人一定不懂梵音，恐怕也不成立。曹植虽然不一定就是声律的创造者，但他与声律应该有颇为密切的关系。

再者，如郑振铎先生《变文的出现》所说："翻译的佛经，其'偈言'（即韵文部分）都是五言的。"④即，声律的兴起跟五言诗关系密切。而作为中国诗歌史上第一位大力创作五言诗的诗人，曹植在当时的条件下，最有可能在制梵呗的过程中，悟到声律。更何况，曹植精通各种艺术，音乐、舞蹈、书法靡不毕善。艺术都是相通的，这也是他有可能悟到声律的得天独厚的条件。

而且，从曹植的诗歌创作来看，其诗暗合于声律的地方确实不少：由此当可反证曹植在声律问题上的自觉以及贡献。

关于曹植作品在声律方面的成绩，刘勰在《文心雕龙》中有几个地方都谈到了，其中首先值得我们注意的是《文心雕龙·声律篇》中有关的论述。《声律篇》是刘勰集中论述声律的专论。刘勰在这篇专论中特别称许了曹植：

> 若夫宫商大和，譬诸吹篪；翻迴取均，颇似调瑟。瑟资移柱，故有时而乖貳；篪含定管，故无往而不一。陈思潘岳，吹篪之调也。⑤

在刘勰看来，曹植的作品声律调和，无处不谐。这样的称许，基本上符合曹植的实际情况。不少资料证明，曹植是十分重视声律的。如他在《平原懿公主诔》中赞美懿公主"生在十旬，察人识物，仪同圣表，声协音律。"为一个女孩子作诔，特别是提到她的音律，足见曹植对声律是非常注意的。这在曹植的诗歌中也有不少表现。曹植以前的诗歌，对语很少，而曹植的诗歌则有很多工整的对语。"秋兰被长坂，朱花冒绿池。潜鱼跃绿波，好鸟鸣高枝。"（《公宴诗》）"凝霜依玉除，清风飘飞阁。"（《赠丁仪》）这些诗句平仄谐调妥帖，俨然后来的律句。

---

① 范文澜.文心雕龙注.北京：人民文学出版社，1978年，第555页
② 徐公持.《略论曹植及其创作的特点》，《中国古典文学论丛》第一辑，北京：人民文学出版社，1984年，第38页
③ 曹道衡.中古文学史论文集.关于魏晋南北朝的骈文和散文.北京：中华书局，2002年，第31页
④ 郑振铎.插图本中国文学史.郑振铎全集.第八卷.石家庄：花山文艺出版社，1998年版，第423页
⑤ 范文澜.文心雕龙注.北京：人民文学出版社，1978年，第553页

此外，刘勰还在《文心雕龙·乐府篇》中对俗称曹植乐府诗"乖调"的看法，提出了反驳的意见。刘勰认为曹植的乐府诗合乎声律，其所以未能被演奏，是因为"无诏伶人，故事谢管弦"①。曹植重视声律，在他的散文中也有表现。刘勰《文心雕龙·章表篇》即称曹植的表"体赡而律调"②。所谓"律调"，意思就是声律协调。我们通常以为曹植是开始有意识地考虑诗歌韵律与对偶等形式方面问题的。

刘勰之外，历代论家几乎都注意到了曹植诗歌中所表现出的这种对声律的追求，以及由此而体现的音韵之美。如宋代张戒就在其《岁寒堂诗话》中指出：

> "韵有不可及者，曹子建也……观子建《明月照高楼》《高台多悲风》《南国有佳人》《惊风飘白日》《谒帝承明庐》等篇，铿锵音节，抑扬态度，温润清和，金声而玉振之"，"皆情意有余，汹涌而后发者也。"③

这也证明了在曹植的创作思想上，已经相当自觉地认识了诗歌的声辞结合及其抒发情感的基本特征。

至明代，谢榛在《四溟诗话》卷一中就曾经说过：

> 建安之作，率多平仄稳帖，此声律之渐。而后流于六朝，千变万化，至盛唐极矣！④

他还举出曹植的《情诗》中的"游鱼潜绿水，翔鸟薄天飞"一句为例，称之为"律句"⑤。当然这种"律句"的写作，往往也有偶然的、不自觉的、不严格的因素，对于建安之作在平仄谐调上的成就，不宜作过分的估计，但是"声律之渐"的说法，无疑有一定的道理。因为曹植诗在音韵上是颇为用心的，不仅他的诗中多见双声叠韵，而且他押韵也极为严谨。早在西晋，陆云写信给陆机，就曾谈到曹植之用韵曰："李氏云，雪与列韵，曹便复不用。人亦复云，曹不可用者，音自难得正。"⑥"曹不可用者，音自难得正"一语，表明了西晋时人就已对曹植用韵严谨的敬仰，以及在作诗中对他的模仿。

曹植诗常常根据情绪的变化来变换用韵。他晚年"精意著作"⑦想必在诗的音韵上也大费其推敲的工夫。当然，曹植这种对与音韵的研求，所注意的大约还是

---

① 范文澜.文心雕龙注.北京：人民文学出版社，1978年，第104页
② 范文澜.文心雕龙注.北京：人民文学出版社，1978年，第407页
③ 河北师范学院中文系古典文学教研组.三曹资料汇编.北京：中华书局，1980年版，第110页
④ 丁福保辑.历代诗话续编.下册.北京：中华书局，1983年，第1137页
⑤ 丁福保辑.历代诗话续编.下册.北京：中华书局，1983年，第1151页
⑥ （清）严可均.全上古三代秦汉三国六朝文.中华书局，1985年，第2045页
⑦ （宋）李昉等.太平御览.卷三百七十六引《魏略》，第2册.北京：中华书局据上海涵芬楼影印宋本复制重印，1960年版，第1783页

暗合于后来如同钟嵘所说的"清浊通流，口吻调利"①但在这种"通流"、"调利"的追求中，产生暗合于后来的律诗平仄的句子，也是完全可能的。诗歌声律的研求，本来就是必然要经历一个由摸索中的暗合到自觉运用的过程的。

到了清代，陈祚明在《采菽堂古诗选》卷六中说：

> 陈思王诗如大成合乐，八音繁会，玉振金声，绎如抽丝，端如贯珠，循声赴节，既谐以和，而有理有伦，有变有转，前趋后艳，徐急淫裔，璆然之后，犹擅余音。②

沈德潜《古诗源》卷五亦云："子建诗五色相宜，八音朗畅。"虽有溢美之嫌，但曹植诗平仄谐协的特点则是事实。③

今人萧涤非先生也说：

> 古诗虽亦有平仄双声叠韵，然皆出于自然，子建则平仄妥帖。如《仙人篇》："四海一何局，九州安所如。"《赠白马王彪》："孤魂翔故域，灵柩寄京师。"《圣皇篇》："鸿胪拥节旄，副使随经营。""游鱼潜绿水，翔鸟薄天飞。""始出严霜结，今来白露晞。"皆音节谐协。《鰕（鱼，且）篇》："驾言登五岳，然后小陵丘。则尤有飘逸之气度。"利剑不在掌"用"掌"不用"手"，系音节关系。④

也就是说，萧涤非先生认为曹植是有意使用平仄来使诗歌音节和谐。类似的例子还有《送应氏》其二，诗通篇押阳韵，其中"人命若朝霜"本曹操《短歌行》："譬如朝霜，去日苦多"，不作"朝露"，作"朝霜"显然是为了如韵。再如《离友》其二，诗通篇押之韵，"木感气分条叶辞"条叶辞即叶辞条。倒字也是为了协韵。《朔风》："倏忽北徂"，"北徂"即"徂北"也是为了协韵才倒文。

我们还可通过考察一下曹植诗歌的韵脚来说明他在声律问题上的自觉。已有学者对此进行了认真的分析，这里仅直接引用其成果：在所选择的54首五言诗中，有11首诗一韵到底，它们是：《赠白马王彪》第一章阳韵，第七章之韵；《侍太子坐》真韵；《种葛篇》侵韵；《鰕（鱼，且）篇》尤韵；《杂诗》其五尤韵；《杂诗》其二东韵；《离友》其二之韵；《赠王粲》尤韵；《送应氏》其二阳韵；《公宴》支韵。其中尤韵3次，支韵3次，阳韵2次，真韵、侵韵、东韵各一次。它们分别属于支韵、真韵、东韵、阳韵、尤韵、侵韵6个韵目。有35首诗押邻韵，它们是：《赠丁仪王粲》《赠白马王彪》第二章、第五章、第六章，《苦思行》《惟汉行》《喜雨》

---

① 曹旭.诗品集注.上海：上海古籍出版社，1996年，第340页
② 河北师范学院中文系古典文学教研组.三曹资料汇编.北京：中华书局，1980年，第187页
③ 河北师范学院中文系古典文学教研组.三曹资料汇编.北京：中华书局，1980年，第182页
④ 萧涤非.读曹子建诗札记·读书札记.北京：作家出版社，1957年，第3页

《七哀》《吁嗟篇》《美女篇》《五游咏》《驱车篇》《白马篇》《豫章行》二首、《当欲游南山行》《当事君行》《薤露行》《箜篌引》《名都篇》《门有万里客行》《情诗》《升天行》二首、《游仙》《仙人篇》《盘石篇》《野田黄雀行》《三良》《杂诗》其六、其三,《离友》其一、《赠徐干》《送应氏》其一、《斗鸡》。有6首诗既押平声又押仄声,它们是:《杂诗》其一、《赠丁翼》《浮萍篇》《怨歌行》《远游篇》《闺情》其一。此外,还有2首押仄声的诗:《赠丁仪》和《泰山梁甫行》。还是按照近体诗的用韵来衡量,曹植54首五言诗中,11首一韵到底的占21%,35首押邻韵的占65%,把6首既押平声韵又押仄声的诗算作不押韵的,不押韵的占14%。也就是说,押韵的诗占86%。这表明,用韵是曹植刻意为之,是不言而喻的。我们知道,中国格律诗最基本的一条结构原则就是五言诗第二、四字平仄相对以突出诗句的节奏。根据这一原则再配制出平仄交替的律句,而后由律句构成律联,由律联而成绝句,由绝句而成律诗。曹植大变汉辞,与乐府音乐"乖离",但是诗还抑扬顿挫,还要讲究节奏,那么曹植不依旧曲,就要制作新声,曹植在声律声弥补乐曲的缺陷,也是合理的。①

那么曹植的五言诗的声律具有何特点呢?这里也直接引用已有成果:曹植五言律联大致说来可以归纳成三类:(1)平起平韵式,如《赠白马王彪》:"苍蝇间白黑,谗巧令亲疏","孤魂翔故域,灵柩寄京师"。《美女篇》:"行徒用息驾,休者以忘餐",《七哀》:"浮沉各异势,会合何时谐",《杂诗》其四:"朝游江北岸,夕宿潇湘沚",《情诗》:"游鱼潜绿水,翔鸟薄天飞"。(2)仄起仄韵式,如《赠白马王彪》:"归鸟赴乔林,翩翩厉羽翼。"(3)仄起平韵式,如《吁嗟篇》:"流转无恒处,谁知吾苦艰",《七步诗》:"本是同根生,相煎何太急",《公宴》:"秋兰被长坂,朱花冒绿池"。②

曹植五言诗从前后两句间的结合关系看,多为前一联的下句和后一联的上句以异声相对的关系组合而成。两联相对一般为平起平韵式,三联相对一般则为仄起平韵式,其结构由同一律重复三次而成。如《箜篌引》:"生存华屋处,零落归山丘。先民谁不死?知命复何忧。"《白马篇》:"白马饰金羁,连翩西北驰。借问谁家子,幽并游侠儿。"这几句与盛唐绝句已经是非常之接近了。再如《公宴》:"明月澄清景,列宿正参差。秋兰被长坂,朱华冒绿池。潜鱼跃清波,好鸟鸣高枝。神飚接丹毂,轻辇随风移",这八句对仗也极为工整严密,是后代律诗的雏形。

综上所述,曹植通过其受佛教梵音启发而制作声律的实践,及其在个人文学创作实际中所体现出的声律追求,都比较充分地说明了,对于作为文学(诗歌)

---

① 详细分析见申焕《曹植辞赋的新变》,2006年5月硕士论文
② 杨万仁、杨明珍《曹植五言诗之通变》,《宁夏大学学报》(哲学社会科学版),1998年第3期,第48页

创作中重要内容的声律问题，曹植已有了感性层面上相当浓厚的自觉意识，这为后人在理论上对此加以总结，提供了必要的基础；这亦是曹植对此问题的理论贡献。

三、文学体裁论

文体在古代主要有两个方面的含义，一是指文学（或文章）风格，一是指文学（或文章）风格类别。罗根泽《中国文学批评史》曰：

> 中国所谓文体，有两种不同的意义：一是体派之直，指文学的格（风格）而言，如元和体、西昆体、李长吉体、李义山体、……皆是也。一是体类之体，指文学的类别而言，如诗体、赋体、论体、序体、……皆是也。①

而本节研究的则主要是曹植关于文学创作中的各种形式在古代作为文体形式存在的情形。

曹植创作各文体具备，胡应麟在《诗薮》中说："备诸体于建安者，陈王也。""建安中，三、四、五、六、七言、乐府、文、赋俱工者，独陈思耳。"②曹植文集中不仅有赋、诗、乐府、颂、诔、七、铭、碑、哀辞、行、书、论、赞、说、表、令、章、诏、等十几种文学样式，同时，他又有一些关于文体方面的言论，如在《学官颂》中说"歌以咏言，文以骋志"，在《上卞太后诔表》中说："铭以述德，诔尚及哀"，还有一些观点散见于一些作品之中，如《七启·序》"昔枚乘作《七发》，傅毅作《七激》，张衡作《七辩》，崔骃作《七依》，辞各美丽，余有慕之焉"，表明赋应有"丽"的特点；《皇子生颂》中又言："藩臣作颂，光流德声"，说明颂具有歌功颂德的特点等等。陈飞之先生认为："曹植肇开了文、笔区分的先声，并认识到各种韵文体裁有着不同的功用和要求。"③通过对曹植文学作品的疏理，我们可以发现，曹植至少对"诗"、"歌"、"赋"、"铭"、"诔"、"颂"等几类文体，都谈出了自己的见解，这也是当时文学自觉的一种体现。下面仅分别从赋和诔文两个方面来加以论述。

---

① 罗根泽.中国文学批评史.上海：上海古籍出版社，1984年，第146页
② 河北师范学院中文系古典文学教研组编.三曹资料汇编.北京：中华书局，1980年，第136页
③ 陈飞之《论曹植的诗学思想》，《文学评论》，1988年第3期，第153页

（一）曹植对赋的认识

曹植自称"少而好赋"、"所著繁多"，他的赋流传于今大概有四十七篇①，这些作品多数以赋题名，也有部分虽未冠以赋名，但实为赋体。从数量上看，曹植不仅在建安文人中作赋最多，而且在整个魏晋南北朝文人中也是作赋最多的。由于对赋体十分喜爱，曹植的其他文体也不自觉地受到了赋的浸染，或多或少呈现出比较明显的赋化倾向。诗歌方面，曹植的新题乐府《名都篇》描写都邑贵族子弟的畋猎、饮宴，在题材与写法上都接受汉代苑猎赋的影响。因此，近人黄节就曾指出曹植有"驱屈、宋之辞，析扬、马之赋而为诗，六代以前莫大乎陈王矣"②的创作风貌。曹植的《文帝诔》后半部分有数十句用骚赋形式为之，赋化倾向不可谓不深，有悖于诔体，所以引起刘勰"体实繁缓"③（《文心雕龙·诔碑》）的批评。

众所周知，曹植诗歌以"辞采华茂"享誉中古诗苑，从文学传统的角度考察，便会发现这主要继承了前代辞赋崇尚华美赡丽的特质。明人胡应麟在《诗薮·内编》卷二云："子建《名都》《白马》《美女》诸篇，辞极赡丽，然句颇尚工，语多致饰。视东西京乐府，天然古质，殊自不同。"④清人陈祚明在《采菽堂古诗选》卷六中亦云："子建既擅凌厉之才，兼饶藻组之学，故风雅独绝。"⑤"辞极赡丽""饶藻组之学"确是子建卓尔建安诗坛、并深刻地影响整个六朝诗人的重要特征，而这一特征正是楚汉辞赋作家所大力追求并影响后代文学的一项重要成就。早在汉人的心目中，不管是他们肯定屈原作品的"丽以则"，还是指责司马相如之徒的"丽以淫"，实际上都指明辞赋异于其他文体的讲究"赡丽"的特殊风貌。作为一位由与《诗经》民歌一脉相承的汉乐府民歌的"天然古质"向文人诗的"体被文质"转变的关键性作家，曹植必然要借鉴汲取前代文人创作的"文（文采）"的营养，而前代华美文学的典范便是辞赋。他的诗"辞采华茂"，应该便是根源于这种自觉的倾慕美丽的观念。可以说，曹植是建安文人中与辞赋关系最密切的作家，这是我们讨论曹植辞赋时不可忽视的事实。

曹植有五则文字比较集中地谈到对辞赋的看法：

（1）《与杨德祖书》："辞赋小道，固未足以揄扬大义，彰示来世

---

① 赵幼文《曹植集校注》收录共四十七篇，丁晏《曹子建集》收录四十四篇，见《续修四库全书》，1303卷，上海古籍出版社，2002年
② 黄节撰.曹子建诗注·序.北京：中华书局，2008年，第3页
③ 范文澜.文心雕龙注.北京：人民文学出版社，1978年，第213页
④ 河北师范学院中文系古典文学教研组.三曹资料汇编.北京：中华书局，1980年版，第134页
⑤ 河北师范学院中文系古典文学教研组.三曹资料汇编.北京：中华书局，1980年版，第187页

也。"又说："吾虽薄德，位为藩侯，犹庶几戮力上国，流惠下民，建永世之业，流金石之功，岂徒以翰墨为勋绩，辞颂为君子哉！"

（2）余少而好赋，其所尚也，雅好慷慨，所著繁多。虽触类而作，然芜者众。

（3）《前录序》："故君子之作也，俨乎若高山，勃乎若浮云。质素也如秋蓬，摛藻也如春葩。泛乎洋洋，光乎皭皭，与雅颂争流可也。"

（4）故陈思称："扬马之作，趣幽旨深，读者非师传不能析其辞，非博学不能综其理。"岂直才悬，抑亦字隐。（刘勰《文心雕龙·练字》引）①

（5）《七启·序》"昔枚乘作《七发》，傅毅作《七激》，张衡作《七辩》，崔骃作《七依》，辞各美丽，余有慕之焉!"

关于曹植"辞赋小道"一语,前已论及,这里仅简言之,即,曹植视辞赋为"小道", 不愿"徒以翰墨为勋绩, 辞颂为君子",所指陈的仅是曹植在辞赋与功业孰重孰轻的特定比照中的权衡意向,并不能因此就判定其否定辞赋之事。关于这一点, 王钟陵先生也有所论述：

> 曹植此论确有他个人的因素起作用, 但是他把建立现世功业放在在首位, 而以著述子书为次之, 辞赋又次之的顺序, 还是反映了一代世人的志向的。这种志向的产生又是为当时的历史需要所决定的。②

并且, 按顾易生先生的理解, 曹植所谓"辞赋小道, 固未足以揄扬大义, 彰示来世"的说法, 还承认了一种在经国之外的辞赋, 亦即是纯文学的辞赋的存在：

> 曹丕把辞赋归入"经国之大业""不朽之盛事"之中, 而曹植则贬之为"小道", 以为"不足以揄扬大义, 彰示来世", 这就是排除在"经国之大业""不朽之盛事"之外。然而这样恰恰划清了辞赋与政教及学术著作的界线, 把辞赋作为独立的文学创作。③

这种曹植并不轻视辞赋的说法, 还可从其大量优秀赋作是作于后期得到证实: 他一方面谓"辞赋小道", 另一方面却又大为特为, 这说明的是, 他的"雅好慷慨"、任凭自己的兴趣好尚与感情而自由驰骋的辞赋创作, 既不思以之经国, 也不求借此不朽, 就其创作动机而言可谓纯文学的。再者, 曹植这则文字只不过是重在表

---

① 范文澜.文心雕龙注.北京: 人民文学出版社，1978年，第624页
② 王钟陵.中国中古诗歌史.北京: 人民出版社，2005年，第178页
③ 顾易生《英雄割据虽已矣 文采风流今尚存——曹操文学批评与曹丕、曹植文论中若干问题新探》，《文史知识》，1993年10期，第16页

明自己的功业抱负而已，这种在功业意识支配下不愿做纯粹文人的思想，在中国古代有志文人中是不乏同调的。正因为如此心态的长期存在，形成曹植辞赋以功业为追求、失志怨愤、幻灭解脱为主要内容的独特风貌。

除此之外，曹植对赋体的认识，大致还可从以下几点进行讨论：

其一，"雅好慷慨"的审美观。"这是在批评史上第一次明确地表达了对强烈情感的爱好。"①汉儒说诗，提倡"发乎情止乎礼义"，将"情"规范于儒家的礼义之内。汉人论赋，大都局限于"美""刺"两端，而缺乏对情的重视，更谈不上对"慷慨"之情的重视。"抒情之倾向，成了建安文学最引人注目之特征，也成了建安文学的灵魂。正是它标志着文学思想的巨大转变"②，曹植首次把"慷慨"引进辞赋批评领域，以情感尺度替代政教尺度，标志着由汉至中古辞赋观的一次重大转变。以曹植为代表的建安赋家以其积极的革新精神，顺应汉末儒学衰微，重情、重个性的时代思潮，不仅自觉地向以屈原为宗匠的抒情赋回归，更重要的是由屈原的抒写"贤人失志"之情，进而扩展到表现日常生活中各种鲜明动人的感情，直接推动了建安文学的繁荣。在这一点上，曹丕持有与曹植同样的认识。曹丕还就抒情写意的问题，谈论前人辞赋的优劣，《北堂书钞》卷一百引《典论·论文》云：

> 或问："屈原相如之赋孰愈？"曰："优游按衍，屈原之尚也；穷侈极妙，浮沉漂淫，相如之长也。然原据托譬喻，其意周旋，绰有余度矣！长卿子云，意未能及已。③

这里，曹丕认为屈原与司马相如的作品在艺术上各有长处。他还认为，司马相如和扬雄辞赋终归要逊屈原一等，在于抒情写意上不及屈原。他赞扬屈原能通过比兴的手法，回环曲折地倾吐心中的情感，使得铺张扬厉的汉人辞赋相形见绌。这种观点与曹植是一样的。

同时，文人们对社会乱离的哀悯，对乘时建功的渴望和理想受挫、壮心难遂的不平，以及并没消泯的那种高昂的意气和情怀，融合而成为一种强烈的时代精神，体现到此时的辞赋创作当中。"曹植的不少赋，同样在《序》中说明作意在于抒情。与曹丕《感离赋》作于同时，同记一事的《离思赋》，《序》称：'意有怀恋，遂作离思之赋。'《释思赋》《愍志赋》《叙愁赋》也有类似的《序》。"④曹植也以此作为衡量辞赋优劣的标准和自己创作实践的目标，无论理论上，还是在创作实践上都有着重要的意义。由此，他批评扬雄《酒赋》"辞甚瑰伟，颇戏而不雅。"

① 王运熙、杨明.中国文学批评通史（魏晋南北卷）.上海：上海古籍出版社，1996年，第47页
② 罗宗强.魏晋南北朝文学思想史·引言.北京：中华书局，2004年，第26页
③ （唐）虞世南撰（清）孔广陶校注.北堂书钞.光绪富文斋刻本
④ 罗宗强.魏晋南北朝文学思想史·引言.北京：中华书局，2004年，第19页

他强调写作辞赋，不要片面追求华丽的辞采，而忽视作品的思想内容和感情深度。曹植的这种批评不仅准确地指出了扬雄赋作的弊病，也切中了汉赋的要害。刘勰揭示建安文学的特征便借用了曹植此语，云："观其时文，雅好慷慨。"①（《文心雕龙·时序》）清人刘熙载论赋，也强调建安赋重情尚气的特色，他说："建安名家之赋，气格遒上，意绪绵渺，骚人清深，此种尚延一线。"②

其二，在提倡作品之"质"的同时，曹植也并未忘记作品的形式美。他十分注意辞赋的语言色彩。他本人就曾因爱好前人辞赋的文采而创作了长篇赋作《七启》，"昔枚乘作《七发》，傅毅作《七激》，张衡作《七辩》，崔骃作《七依》，辞各美丽，余有慕之焉！遂作《七启》，并命王粲作焉"（《七启序》）。在《前录序》中，他首先对完美的"君子之作"作了描述，即骨气奇高、情感充郁、内容朴实、辞采华茂、局面开阔、光洁夺目。高山、浮云、秋蓬、春葩、洋洋、皜皜，纯粹是形象化的审美比喻：

> 故君子之作也，俨乎若高山，勃乎若浮云。质素也如秋蓬，摛藻也如春葩。汜乎洋洋，光乎皜皜，与雅颂争流可也。"

并认为这样的作品"与雅颂争流可也"，充分肯定其价值。汉代文人辞赋观中那种皈依政教的迂腐气息已荡然无存。

《前录自序》这段话可以视为曹植辞赋创作思想的自白，联系下文他对自己辞赋的评论可以看出，他对辞赋创作的思想内容和艺术形式都有着严格的美学要求。曹植的这种理论继承和发扬了儒家传统的文质观。孔子说过："质胜文则野，文胜质则史，文质彬彬，然后君子。"③朴实超过文采，未免粗野，文采超过朴实，又未免虚浮。文采和朴实、内容和形式配合适当，才为君子之作。孔子和曹植的认识极为相似。曹植的文质观对他"骨气奇高，词采华茂，情兼雅怨，体被文质"的艺术风格的形成有着直接的影响。文质问题也是当时人们所注意的一个问题，与曹植同时代的阮瑀、应瑒皆有《文质论》，阮瑀主张尚质抑文，应瑒则著文加以驳难。他们所说的"质"，主要指统治者"守成法"，行无为之治，重用厚礼少文之士，使政不烦而物不扰，而所谓的"文"，则指拨乱反正，制礼作乐，阐扬儒教，任用才能之士。他们的论述范围很广，并非专论文学辞赋，与曹植的论述相比，不可同日而语。另外，曹植从文质兼重的原则出发，反对脱离现实和为文而文的创作倾向，主张作品要有所寄寓，这不但对推动建安文学走上"以情纬文，以文被质"（《宋书·谢灵运传论》）④的健康发展道路有着积极的作用，而且对后代的

---

① 范文澜.文心雕龙注.北京：人民文学出版社，1978年，第673页
② （清）刘熙载.艺概·赋概.上海：上海古籍出版社1978年，92页
③ 程树德撰 程俊英、蒋见元点校.论语集释.北京：中华书局，1997年，第400页
④ （梁）沈约.宋书.北京：中华书局，第1778页

辞赋理论也有着重要的影响。刘勰在《文心雕龙·诠赋》中说："原夫登高之旨，盖睹物兴情。情以物兴，故义必明雅；物以情观，故词必巧丽。丽词雅义，符采相胜，如组织之品朱紫，画绘之著玄黄，文虽新而有质，色虽糅而有本，此立赋之大体也。"① 刘勰的意见尽管更为详尽，但与曹植之间一脉相承的继承关系还是比较清楚的。

其三，曹植敢于公开承认自己赋作有不少不够"君子之作"的标准："芜秽者众"，并对此采取"删定""别撰"的方式处理，以免贻误读者。这种严于律己、认真负责的精神是难能可贵的。另外，这当中还传达了关于辞赋创作的又一种认识，就是对艰涩难懂的写作风格的批判和扬弃。刘勰《文心雕龙·练字》所征引的曹植数句论赋文字，即是曹植针对司马相如、扬雄之赋用奇僻语言、务求典雅的弊端而提出的批评：

> 陈思称："扬马之作，趣幽旨深，读者非师传不能析其辞，非博学不能综其理。"岂直才悬，抑亦字隐。（刘勰《文心雕龙·练字》）②

司马相如、扬雄二人都精通文字学，他们把这方面的专长运用辞赋创作，对丰富文学语言提高修辞技巧起到一定的促进作用，但同时导致"言眇而趋深"③、"指意难睹"④ 的不良后果，后人阅读汉大赋一个较大的困惑即在于此。曹植认为，即使作者具有惊人的艺术才华，充沛的思想感情，能创作出思想内容极其深刻的作品，但如果不注意文字的晓畅、通俗，那么还是不能把自己的意思转达给读者，不能让读者感受到自己的心灵和感情，作品也就随之失去了它的意义。因此，曹植在创作辞赋的过程中，总是力避使用奇字异辞以及晦涩难懂的句子，他竭力运用通俗、晓畅的语言来表达他心灵深处的丰富感情和独特感受。曹植把这一弊端明确地指出来，说明他虽倾慕汉代辞赋词采之美，但对那些语言风格过于艰深的创作是不满的。刘勰说"魏晋浅而绮"（《文心雕龙·通变》）⑤，就是指包括曹植在内的魏晋文人所追求的这种语言风格。正如黄侃在《诗品义疏》所评曹植诗云："文采缤纷，而不离闾里歌谣之质。"⑥ 曹植的辞赋，亦应作这样来看。曹道衡先生也说：

> 抒情小赋之所以能摆脱汉赋堆砌奇字的习气，也和建安诗风受民间文学影响有关。刘勰说：建安诗歌"造怀指事，不求纤密之巧，驱辞逐貌，唯取昭晰之能"（《文心雕龙·明诗篇》）。这种不事雕琢的诗风，和学

① 范文澜.文心雕龙注.北京：人民文学出版社，1978年，第136页
② 范文澜.文心雕龙注.北京：人民文学出版社，1978年，第624页
③ 黄晖.论衡校释.北京：中华书局，1990年，第1117页
④ 黄晖.论衡校释.北京：中华书局，1990年，第1196页
⑤ 范文澜.文心雕龙注.北京：人民文学出版社，1978年，第520页
⑥ 余冠英.三曹诗选·前言.北京：人民文学出版社，1979年，第19页

习民歌有密切的关系，才使文风从晦涩和雕琢的风气下解脱出来。于是就形成了刘勰说的"及魏代缀藻，则字有常检，追观汉作，翻成阻奥"，以至"自晋来用字，率从简易，时并习易，人谁取难。今一字诡异则群句震惊，三人弗识，则将成字妖矣"（《文心雕龙·练字篇》）。奇字的减少，堆砌作风的消失，也使赋流畅，通俗起来。"①

这些论述实际上都从另一个角度印证了曹植辞赋创作观。

（二）曹植对诔文的认识

文体的演变往往不是以新代旧、以新弃旧，而是文体自身的某种弱小因素发展了起来，并成为这一文体的主要因素，于是文体的功能、体制皆已发生了变化。

"《周礼》盛德，有铭诔之文"②，西周丧葬有读诔赐谥之仪，这正是诔文形成的直接文化渊源。诔文是诔辞与铭颂结合的产物。

汉代崇儒重丧礼仪越来越受到人们的重视，在礼仪的崇尚中，产生了兴礼作文的需要，诔文作为丧葬礼文由此而生。诔文在汉代，作为饰终之典，其主导因素自然是颂德，但作为丧葬礼文，它虽然不抒发作者哀情，却要叙写哀情。在演变中，叙哀的成分在渐渐增加，而且叙述也更为细致。由于魏代禁止碑，碑文的发展受阻。所以颂述亡者德勋这一职能又主要由诔文承担。魏代诔文继承了汉代诔文述德的职能，但又有了明显的变化，哀情成为这一文体的主导因素，叙哀也渐演变为个体哀思的抒发，诔文在对生命的哀伤中，还强化了人们的社会价值观念，引发了人们对生命的思考，也滋长着人们的生命的自觉意识。

但诔文颂德这一因素并没有消失。在魏代的诔文中，哀情的抒发常常是建立在对亡者美好品行的颂扬上。而且，魏代的诔文，仍有相当一部分作品，颂德仍是主导因素。但是，现实的悲情又常常冲破道德的规范，使诔这种为亡者颂德、使其不朽的伦理道德只能又融入了对个体悲情的抒发,在述亡之中又有了"自陈"。魏代时诔的作者与诔的对象之间有不少关系密切，或为亲人，或为挚友，因而在诔文的创作上道德的激励也很容易被巨大的悲情所挤压。魏代诔文的变化正是道德激励与现实的悲情二者冲撞的结果。

魏代诔文的变化首先是在为伤亲亡友而作的诔文中展开的，而这种变化又从曹植的诔文创作开始。

---

① 曹道衡.中古文学史论文集.北京：中华书局，2002年，第25页
② （宋）范晔撰（唐）李贤等注.后汉书.北京：中华书局，1973年，第3273页，第1829页

曹植的兄长曹丕在《典论·论文》中提出了对铭诔的看法，应该是代表了当时人们对于铭诔质实、不可虚美的普遍看法，"铭诔尚实。"五臣注云："铭诔述人德行，故不可虚也，丽美也。"①很显然，曹丕强调诔文作为述亡的文体的实质性，主张诔文是传述人之德行，主于写实，要较客观地赞颂亡者的德勋。但是曹植的观点较为复杂。

当然，曹植的一些诔文仍然是继承了汉代诔文的特点。曹植有《武帝诔》，序云："于惟我王，承运之衰。神武震发，群雄戡夷。拯民于下，登帝太微。德美旦奭，功越彭韦。九德光备，万国作师。寝疾不兴，圣体长违。华夏饮泪，黎庶含悲。神翳功显，身沈名飞。敢扬圣德，表之素旗。"这种诔文，表于素旗，在于传扬亡者的功德，很显然继承了汉代诔文为宫廷礼文的写作观念。曹植《武帝诔》从各个角度来赞颂曹操的文德武功。曹植虽然是曹操的儿子，却没有抒写自己的哀思，所以，《武帝诔》仍具有礼文德特征。同时，曹植还写有《文帝诔》，其序"何以述德？表之素旐。何以咏功？宣之管弦。"也可以看出曹植对诔文述德功能的继承。

曹植在《上卞太后诔表》中说："臣闻铭以述德，诔尚及哀，是以冒越谅阴之礼，作诔一篇。知不足赞扬明明，贵以展臣《蓼莪》之思。忧荒情散，不足观采。"曹植认为诔除了述德，还兼及写哀，并表明他写《卞太后诔》虽有赞扬，却又兼及表达哀思。由此可见，曹植又已从诔以述德中渐渐转向诔以抒发个体哀悼之情。他在《王仲宣诔》中也说："何用诔德，表之素旐。何以赠终，哀以送之。"明确阐明诔文具有颂亡者之德、抒发作者情怀的双重职能，从而可以看出曹植诔文创作继承汉代，又开启诔文述哀的变化。

曹植诔文今存九篇②，现存诔文中写作时间最早的是作于建安十七年的《光禄大夫荀侯诔》。从现存的辞句来开，依然是传统的作法：

> 如冰之清，如玉之洁。法而不威，和而不亵。百僚士庶，欷歔沾缨。机女投杼，农妇辍耕。轮结辄而不转，马悲鸣而倚衡。

前四句颂亡者品行，后六句述悲，虽最后二句借物来渲染悲情，但写法上，这些叙哀仍是礼仪性的。

建安二十二年，曹植作《王仲宣诔》，这是曹植诔文的代表之作，《文选》选曹植诔文独此一篇，而这篇诔文在诔文的发展演变史上也有重要意义。

曹植与王粲有密切的交往。《三国志·魏书·王粲传》载：

---

① （梁）萧统编（唐）李善等注.六臣注文选.北京：中华书局，1987年，第967页
② 据赵幼文《曹植集校注》收录共九篇，篇数与篇目与（清）丁晏《曹子建集》收录相同，见《续修四库全书》，1303卷，上海古籍出版社，2002年

始文帝为五官将，及平原侯植皆好文学。粲与北海徐干字伟长、广陵陈琳字孔璋、陈留阮瑀字元瑜、汝南应瑒字德琏、东平刘桢字公幹并见友善。①

他们常一起游宴，"行则连舆，止则接席"，"每至觞酌流行，丝竹并奏，酒酣耳热，仰而赋诗"（《又与吴质书》）②。王粲与曹植有诗赋来往，曹植《赠王粲》：

端坐苦愁思，揽衣起西游。树木发春华，清池激长流。中有孤鸳鸯，哀鸣求匹俦。我愿执此鸟，惜哉无轻舟！欲归忘古道，顾望但怀愁。悲风鸣我侧，羲和逝不留。重阴润万物，何惧泽不周？谁令君多念，遂使怀百忧。

王粲有诗作给曹植，吐露心曲，曹植此诗乃作答作。互吐心曲，互相慰藉，可见两人关心之密切，然不幸王粲却于征吴途中病亡。亲友之死，于曹植而言，自然非常伤悲。于是，《王仲宣诔》便在这样一种伤友之痛与文体颂德规范之间展开。就全文来看，诔序中直接为痛悼之语，也没有礼仪式的叙述时人的悲哀，而是对生命的死亡进行直接追问，直接陈述内心之沉痛。在诔辞部分，可以看出曹植一方面坚持着诔以颂德的规范，诔辞以三分之二的篇幅叙述王粲短暂的一生；另一方面，作者与所诔对象至为密切的关系以及作者内心之哀痛，又冲击着诔文写作的规范，在颂述亡者时，又倾述个体伤悼之情，使得这一诔文与汉时诔文有了明显的不同。正因为如此，在正文中有个变化就是叙述人称的变化，由第三人称转为第二、第一人称。这个变化，叙述人称的改变乃处于抒发个体情感的需要，而这一人称的改变，又自然使诔文叙写他人之哀转向作者之哀。诔文的这一改变，明显标志着诔文由生命的歌颂转向了个体对生命的伤悼，在一定程度上背离了"何用诔德，表之素旗"之诔的性质及规范。诔文也从颂述体转为自抒体。

应该说，曹植并非不懂诔文的性质及规范。《三国志》卷二十一引《魏略》云，邯郸淳见曹植，曹植曾"颂古今文章赋诔"③，而同时，曹植诔文的写作及诔文的序中的解释，也表现出曹植对这一文体的熟悉。从现存的诔文来看，曹植的有些诔文也基本符合汉代诔文的文体规范，只是觉醒了个体意识，使个体的情感自觉或不自觉地出现在本不是抒发个体情感的诔文中，如《任城王诔》，赵幼文先生在按语中说："此诔限于客观形势，不能直抒胸臆，寄其哀愤，故词意含蓄而戛然而止。"④这是分析得很好的。

---

① （晋）陈寿撰（宋）裴松之注.三国志.北京：中华书局，1964年，第599页
② （清）严可均.全上古三代秦汉三国六朝文.中华书局，1985年，第1089页
③ （晋）陈寿撰（宋）裴松之注.三国志.北京：中华书局，1964年，第603页
④ 赵幼文.曹植集校注.北京：人民文学出版社，1984年，第282页

曹植《上卞太后诔表》中云："铭以述德，诔尚及哀。"这很能代表曹植的诔文创作观点。曹植的诔文，大多是述亡与自陈结合在一起，颂德与表哀结合在一起。《卞太后诔》序云："敢扬后德，表之旐旌。光垂罔极，以慰我情。"强调在诔以颂德的同时，要抒发个体的哀情。文中也有人称的转变。曹植的《文帝诔》也是如此。曹植与曹丕虽是兄弟，但二者关系复杂。曹植这篇诔文是上献给明帝的，其性质为宫廷饰终礼文。诔辞最后云："奏斯文以写思兮，结轻翰以敷诚。"又透露出曹植欲以此表明心迹，或希望以此得到明帝的理解而被任用。因此，在诔文中抒发个体的哀思便是一种强烈的主观需要。其思路也与《王仲宣诔》大致相同。

刘勰《文心雕龙·诔碑》云：

> 陈思叨名，而体实繁缓，文皇诔末，旨言自陈，其乖甚矣。①

刘师培《〈文心雕龙〉讲录》对此反议曰："彦和因篇末自述哀思，遂讥其'体实烦缓'。然继陈思此作，诔文述及自身哀思者不可胜计，衡诸诔以述哀之旨，何'烦秽'之有？"并否认其为"乖体"。由于《文帝诔》之对象为帝王，且曹植所作乃是上奏给朝廷，本为典章，此中抒发个体哀思已背离了典章规范，故刘勰所言其文"乖体"指的其实就是曹植对诔这种文体的认识及其实际创作已然突破（"乖"）了传统诔体的规范（"嘉美终而诔集"），由此而成为个体悲情的抒发，其发展文体的意义是很明显的，所以，王运熙、杨明二位先生说：

> 先秦、汉代典籍言及诔时，都只说到它累列行事、称述功德的作用，不言及抒情哀情。曹植注意到诔的抒情性质，当与他"雅好慷慨"的文学好尚有关。他本人以善于作诔著名，见（《文心雕龙·诔碑》），所作诔中述哀成分确很突出，后来陆机《文赋》说"诔缠绵而悽怆"，《文心雕龙·诔碑》说诔"述其哀也，悽焉其可伤"，都继承了曹植的说法。②

这实际上指证了曹植关于诔体的认识及其影响问题。

① 范文澜.文心雕龙注.北京：人民文学出版社，1978年，第213页
② 王运熙、杨明.中国文学批评通史（魏晋南北卷）.上海：上海古籍出版社1996年，第53页

下编

杜甫诗学批评中的『接受』与『求新』①

---

① 本文所引杜甫论诗之句，均见于仇兆鳌《杜诗详注》，中华书局，1979年版，不一一出注。

唐代伟大诗人杜甫出生在一个奉儒守法的家庭，在《进雕赋表》中，他这样写道："自先君恕、预以降，奉儒守官，未坠素业矣。"晚年的杜甫在《江汉》诗中自称"乾坤一腐儒"，儒家入世的思想在其一生中都有鲜明的体现。无论前期"壮游"，壮年徘徊长安，抑或追随唐肃宗，杜甫都有一个目的，那就是仕进为官。不过命运多舛，惨淡的现实使得作者"自谓颇挺出，立登要路津。致君尧舜上，再使风俗淳。"（《奉赠韦左丞丈二十二韵》）的宏大愿望逐渐破灭，而杜甫的祖父就是高宗、武后时期著名的诗人杜审言。杜甫曾称赞自己祖父是"雕章五色笔，紫殿九华灯。"（《寄刘峡州伯华使君四十韵》）基于这样一个传统，所以入蜀之后，杜甫告诫自己的儿子说："诗是吾家事，人传世上情，熟精《文选》理，休觅彩衣轻。"（《宗武生日》）将诗歌创作看作自己的传家之业，诗人因此更加注重对诗歌艺术的探索与创新。

一、诗继"风雅"

杜甫身处唐王朝盛极而衰的历史时期，感于政治腐败，民生凋敝，所以杜甫诗中有很多反映社会现实内容的篇章。他首先对先贤陈子昂十分赞赏，他曾经在《陈拾遗故宅》中说"位下曷足伤，所贵者圣贤。有才继骚雅，哲匠不比肩。公生扬马后，名与日月悬。"，又在《冬到金华山观，因得故陈拾遗陈公学堂遗迹》中写道："陈公读书堂，石柱仄青苔。悲风为我起，激烈伤雄才。"诗中寄托了对陈子昂的怀念和景仰。从杜甫今存的咏诗诗以及其他诗歌来看，可以印证杜甫深受陈子昂"风骨"和"兴寄"思想的影响。

因此他极其重视《诗经》的传统，在杜甫的论诗诗中，他的这一诗歌思想反映在他大历二年（767）在夔州时对元结的两首诗歌所做的高度评价上，他在称赞元结《舂陵行》和《贼退示官吏》时所写的《同元使君舂陵行有序》一诗的序言说："览道州元使君结《舂陵行》兼《贼退示官吏作》二首，志之曰：当天子分忧之地，效汉官良吏之目。今盗贼未息，知民疾苦，得结辈十数公，落落然参错天下为邦伯，万物吐气，天下小安可待矣。不意复见比兴体制，委婉顿挫之词，感而有诗，增堵卷轴，简知我者，不必寄元。"在作者看来，元结能"知民疾苦"，必能使得"天下小安可待矣"。同时，作者感叹道："不意复见比兴体制，委婉顿挫之词"，不仅称赞了元结诗作能反映民生疾苦，而且称赞其继承了《诗经》中的比兴传统。作者在诗中由衷称赞道："贾谊昔流恸，匡衡尝引经。道州忧黎庶，词气浩纵横。两章对秋月，一字偕华星。"这几句，以贾谊和匡衡的忠君爱民来比拟元结，对其"忧黎庶"的热忱和浩气纵横的诗风大加褒扬，因为元结的诗作反映了社会动荡不安下百姓生活的困苦和官吏对劳苦大众的盘剥，这继承了儒家诗论中的诗要"美刺上政"的传统。而且元结诗中遣词古朴，感情真挚，都符合"风骨"与"兴寄"的优良传统。对其他诗人，作者也期望他们能够继承"风雅"以来的优秀文学传统："词华倾后辈，风雅蔼孤骞。"（《赠比部萧郎中十兄》）

在盛唐风光不再而中唐世风逐渐衰飒的社会现实下，杜甫清醒地认识到，诗歌要关心国计民生，就必须要怨刺上政，杜甫在自己的诗中积极发展了儒家的民本思想，用作者自己的话说就是"鼎食分门户，词场继国风。"（《奉寄河南韦尹丈人》）上启《诗经》与汉乐府的优良传统，而对百姓寄寓深刻的怜悯之情，他的"新题乐府诗"就是这一思想在诗学创作中的自觉实践。中唐以后，无论是张籍和王建的乐府诗，还是元稹和白居易的"新乐府运动"，都可以看做是杜甫这一思想的延续和发展。所以，蔡梦弼在《杜工部草堂诗笺跋》中说："少陵先生博极辞书，驰骋今古，周行万里，观览讴谣，发为歌词，奋乎《国风》、《雅》、《颂》不作之后，比兴相侔，哀乐交贯，揄扬叙述，妙达真机；美刺箴规，该具乎众体。"①这一席由衷赞美的评价，正是对杜甫继承"风雅"以来的美刺诗学思想的完美概括。

二、博采古今

杜甫一生，虽有用世大材，然终不为当局所用；虽满怀报国之志，然终不能伸。不过杜甫终其一生没有忘怀家国，没有屈服于命运的重压，而是以满腔巧慧投注于诗歌的创作中，于是"药里关心诗总废，花枝照眼句还成。只同燕石能星陨，自得隋珠觉夜明。"（《酬郭十五受判官》）无论是少时壮游，还是老来漂泊；无论是登台远眺，还是临江观景；无论是酬赠友朋，还是念及妻子；无论是梦萦家国，还是思及寒民，作者都能钟情于诗，兴之所至，"笼天地于形内，挫万物于笔端"（《文赋》）于是清辞丽句、秀章雄篇不绝而出。

杜诗的成就是建立在学富思深的基础之上，刘勰说："积学以储宝，酌理而富才。"②如果没有学识的积累，没有对前代诗歌典范的参考，就无法自成一家。杜诗之神固然令人惊奇，但又有理路、诗法可寻。贺贻孙曾说："神者，灵变惝恍，

---

① 仇兆鳌《杜诗详注》（附录）［M］北京：中华书局，1979：2249。
② 范文澜《文心雕龙注》［M］北京：人民文学出版社，1958：493。

妙万物而为言。读破万卷而胸无一字，则神来矣，一落淬秽，神已索然。"①杜诗之神一方面在于作者饱读经史子集，另一方面，杜甫还善于在前代一切优秀的诗歌传统基础之上进行创造性发挥。

在唐代，首先是唐代统治阶层喜欢并提倡文艺创作，因而政府组织编写了许多对诗歌创作有益的丛书，比如官修周、齐、梁、陈、隋五代正史，欧阳询、令狐德棻等十余人奉诏编撰的《艺文类聚》，以及孔颖达编定《五经正义》，以及徐坚奉玄宗敕编定的《初学记》等等，这对于唐朝诗人的创作都有极大的便利，也为杜甫提供了许多创作素材。在杜甫的诗中，关于反映诗人求学或学识的诗句如：

> 甫昔少年日，早充观国宾。读书破万卷，下笔如有神。《奉赠韦左丞丈二十二韵》
> 熟精《文选》理，休觅彩衣轻。《宗武生日》
> 续儿诵《文选》《水阁朝霁奉简云安严明府》
> 书籍终相与，青山隔故园。《赠虞十五司马》
> 语及君臣际，经书满腹中。《吾宗》
> 阅书百氏尽，落笔四座惊。《八哀诗赠左仆射郑国公严公武》
> 情穷造化理，学贯天人际。《八哀诗赠秘书监江夏李公邕》

以上引诗，从不同侧面可以看出无论是作者自身还是其他诗人，他们当时都是饱读诗书。而且从作者早年诗篇中显示的自信来看，"赋料扬雄敌，诗看子建亲。李邕求识面，王翰愿卜邻。"（《奉赠韦左丞丈二十二韵》）以及晚年回忆壮岁生涯的《壮游》："往者十四五，出游翰墨场，斯文崔魏徒，以我似班扬。七龄思即壮，开口咏凤凰。九龄书大字，有作成一囊。"都可以证明这一点。从作者现存的诗歌内容来看，杜甫本人在采用史实典故时，几乎是熔铸经史子集，而且引用的非常贴切，如果不是对前代典籍达到一种"精熟"的境界，要达到这样的境界则绝无可能。乔亿在《剑溪说诗》中解释"读书破万卷，下笔如有神"说："何谓'破'？焕然冰释也。有如此则陈言之务去，精气入而粗秽除，是以'有神'。"②读书读到心得时，便会对现实有真知灼见，对生活有深刻体察，如此提笔而起，自能达到"笔落惊风雨，诗成泣鬼神"的境界。

在对待前代文学遗产的接受上，杜甫坚持复古的诗学观，这种观念延续了汉代五言诗的优秀传统，同时继承了孟子"知言养气"与"知人论世"的诗学精神："李陵苏武是吾师，孟子论文更不疑。一饭未曾留俗客，数篇今见古人诗。"（《解闷》之五）在诗学典范的择取上，杜甫较李白更加客观和全面，比如以绝句论诗

---

① 贺贻孙《诗筏》《清诗话续编》本　［M］上海：上海古籍出版社，1983：136。
② 乔亿《剑溪说诗》《清诗话续编》本　［M］上海：上海古籍出版社，1983：1069。

的开山之作《戏为六绝句》中，这就得到了集中的体现。在这组诗中，作者提出了"转益多师是我师"的诗学接受观，无论是哪个时期的诗人，只要他的诗歌有可取之处，也就是符合"风雅"传统和"清丽"艺术特色的，杜甫毫不例外的兼容并蓄：

> 庾信文章老更成，凌云健笔意纵横。今人嗤点流传赋，不觉前贤畏后生。
> 王杨卢骆当时体，轻薄为文哂未休。尔曹身与名俱灭，不废江河万古流。
> 纵使卢王操翰墨，劣于汉魏近风骚。龙文虎脊皆君驭，历块过都见尔曹。
> 才力应难跨数公，凡今谁是出群雄？或看翡翠兰苕上，未掣鲸鱼碧海中。
> 不薄今人爱古人，清词丽句必为邻。窃攀屈宋宜方驾，恐与齐梁作后尘。
> 未及前贤更勿疑，递相祖述复先谁？别裁伪体亲风雅，转益多师是汝师。

杜甫对于屈、宋以来优秀的诗人都甚为推重，在他的诗中，称道的诗人几乎包括了唐代以前所有的优秀诗人、本朝优秀的诗人以及现今已不知名的当世诗人。纵观杜甫论诗诗，在他开出学习的魏晋六朝著名诗人名单上，有曹植、刘桢、阮籍、嵇康、陶渊明、谢灵运、谢朓、谢惠连、沈约、江淹、鲍照、阴铿、何逊等，而这些诗人都是作者推尊的对象。本朝诗人则从初唐四杰到陈子昂，从张九龄到王维，从李白到高适、岑参等。杜甫诗歌成就的取得，很大程度上在于它他能够虚心学习和接受前代以及同时代大量的优秀的诗歌资源。

如果我们要评价、了解杜甫对于诗歌创作的思想，就不得不提晚年所作的一首诗《偶题》，这首诗作于大历元年秋（766年），集中表达了杜甫晚年对诗歌创作的见解，带有总结性质。王嗣奭在《杜臆》中说："少陵一生精力，用之文章，始成一部诗集，此篇乃一部杜诗总序。"

《偶题》一诗全面反映了作者客观公正的诗学接受观："文章千古事，得失寸心知。"是说文章是千古盛事，不可草率，应该竭尽心神。"作者皆殊列，名声岂浪垂。"是说名传后世的诗人，都不是浪得虚名。以"法自儒家有"自况的作者因此主张继承"风雅"的创作传统，但是并不反对"余波绮丽为"的南朝诗人，因为"后贤兼旧制，历代各清规"，正所谓代有升降，格有高低。他心目中魏晋以来的诗人如以"大小谢"为代表的"江左逸"是"骐骥皆良马"，而"三曹"以及"建安七子"为代表的"邺中奇"，是"麒麟带好儿"，并期望自己能在"车轮徒已断，堂构惜仍亏"的当时诗坛有所建树，而不是像"漫作《潜夫论》，虚传幼妇碑。"那样在后世被湮没无闻。《偶题》一诗从内容上来讲，与作者所有论诗之句相互参照，而且互相表里，可以说是杜甫自己对诗歌接受所做的完整诠释。

从杜甫的论诗诗中，我们不难发现，作者论诗不仅主张"知人论世"，而且更注重对诗人个体诗歌艺术的探寻。更令后人深思的是，杜甫的诗学批评，夹杂着强烈的个人情感，跨越古今，悲古人之不遇，伤今朝之落寞，借他人之酒杯，浇胸中之块垒。老杜之诗，无体不工，情、景、事、论达到完美的融合。诗学接受上的博采众家是其诗作能集大成的重要原因。

三、求新与苦吟

杜甫大量的学习和借鉴前代优秀的诗歌遗产，就像陆机在《文赋》中所说的那样："收百世之阙文，采千载之遗韵"，故而杜甫诗歌就显得牢笼百态。更为可贵的是，作者在诗作中表现出一种强烈的创新精神。作者追求诗句的创新与诗法的探究，在其论诗诗种可见端倪：

> 每于百僚上，猥诵佳句新。《奉赠韦左丞丈二十二韵》
> 叹息高生老，新诗日又多，美名人不及，佳句法如何。《寄高三十五书记》
> 赋诗新句稳，不觉自长吟。《长吟》
> 白发丝难理，新诗锦不如。《酬韦韶州见寄》

这种诗歌呈现出来的美学特征，有"翡翠兰苕"式的清秀明丽，此种诗境包涵了命意的清新和诗语的秀丽。

> 政简移风速，诗清立意新《奉和严中丞西城晚眺十韵》
> 清诗近道要《贻阮隐居》
> 朝罢香烟携满袖，诗成珠玉在挥毫。《奉和贾至舍人早朝大明宫》
> 清文动哀玉，见道发新硎。《奉酬薛十二丈判官见赠》
> 平公今诗伯，秀发吾所羡。《石砚》
> 题诗得秀句，札翰时相投。《送韦十六评事充同谷防御判官》
> 诵诗浑游衍，四座皆辟易。应手看捶钩，清心听鸣镝。《夜听许十一诵诗爱而有作》

诗人对诗歌境界的追求还有"鲸鱼碧海"式的俊逸壮阔。此种壮阔的诗境包涵了辞藻的雄奇、诗语的警策和挥洒自如的创作方式：

> 两公壮藻思，得我色敷腴。《遣怀》
> 尚怜诗警策，犹记酒颠狂。《戏题寄上汉中王三首》
> 笔落惊风雨，诗成泣鬼神。声名从此大，汩没一朝伸。文彩承殊渥，流传

必绝伦。《寄李十二白二十韵》

    雄笔映千古,见贤心靡他。《别唐十五诚因寄礼部贾侍郎》

    扬论展寸心,壮笔过飞泉。《赠李十五丈别》

    赋诗宾客间,挥洒动八垠。《寄薛三郎中璩》

    杜甫论诗诗中所追逐的境界与作者诗集中整体散发出的艺术特色达到惊人的一致,婉丽神秀与风清骨俊相映成辉。由此可见,作者不断在实践着自己的艺术创作观。杜甫在主观上努力完善自己对诗歌的要求,从而使得作者在诗艺的境界上,随着时间的流逝,愈晚而诗愈工。诗人中年后作诗偏重律体,逐渐"工于刻画",而杜诗最大的贡献就在于将描摹物象的细致笔法融入格律严谨的音律之中:

    词人取佳句,刻画竟谁传。《白盐山》

    诗律群公问,儒门旧史长。《承沈八丈东美除膳部员外郎阻雨未遂驰贺奉寄此诗》

    因此此时的作者逐渐认识到诗歌的最高艺术境界在于"诗思之美和形式格律之美的毫发无间的融合一体"①,体现在作者的论诗诗中:

    晚节渐于诗律细,谁家数去酒杯宽。《遣闷戏呈路十九曹长》

    思飘云物动,律中鬼神惊。毫发无遗憾,波澜独老成。《敬赠郑谏议十韵》

    杜甫中后期在近体诗歌方面的创作成就,可以说使得近体诗这种诗歌形式得以最后完善。在杜甫的一生中,诗歌创作伴随诗人走过人生的浮沉,由于诗人坎坷的从政生涯,流落漂泊中困顿失意,所以越是到晚年,作者愈发:"他乡阅迟暮,不敢废诗篇。"(《归》)"为人性僻耽佳句,语不惊人死不休"《江上值水如海势聊短述》。这就造成了诗人对"苦吟"之风的推崇,这种"苦吟"大体包涵了身世之苦、构思之苦和诗语之苦几个层面:

    知君苦思缘诗瘦,太向交游万事慵。《和裴迪登新津寺庙寄王侍郎》

    故林归未得,排闷强裁诗。《江亭》

    穷途衰谢意,苦调短长吟。《送严侍郎到绵州,同登楼杜使君江楼宴,得心字》

    齿发已自料,意深陈苦词。《咏怀二首·其一》

    老来多涕泪,情在强诗篇。《哭韦大夫之晋》

    陶冶性灵存底物,新诗改罢自长吟。孰知二谢将能事,颇学阴何苦用

---

① 陈良运《中国诗学批评史》[M] 南昌:江西人民出版社,2001:241-245。

心。《解闷·之七》

　　隐居欲就庐山远，丽藻初逢休上人。数问舟航留制作，长开箧笥拟心神。《留别公安太易沙门》

　　如此"苦吟"的作诗方式，不同于李白式的天才豪逸，激情赋诗，更讲求反复吟咏，仔细推敲，有助于诗人斟酌诗歌中的意象，使得遣词造句更为准确，采用典故更加得当，对于近体诗的写作来说，根据声律的限定，通过不断雕刻琢磨，可以使诗歌的声律音节和翰藻典故得到完美的展现，而作者"抑扬顿挫"风格的形成与作者的作诗方式不无关系。

四、垂范后世

　　杜甫的诗学艺术，继"风骚"美刺传统，承汉魏风骨，接魏晋时高风远韵，学齐梁间文采风流；在李唐之世，先有陈子昂为其复古先声，而李白、高适、岑参等人则为其谈诗论艺的师友。再加之，自幼书香之家的言传身教，故而杜甫才能包罗万象又自成一家，开一代风气。

　　杜甫"苦吟"式的作诗方式以及作诗时对律诗体裁的偏爱，在后世影响了很多诗人的创作，并逐渐形成一个"苦吟"流派。在中唐时期，被苏轼称为"郊寒岛瘦"（《祭柳子玉文》）的贾岛和孟郊，两人作诗就以苦为乐。比如贾岛著名的"两句三年得，一吟双泪流。"（《题诗后》）孟郊的诗歌则被苏轼评为"诗从肺腑出，出辄愁肺腑"（苏轼《读孟东野诗》），李贺作诗亦有"呕出心肝"的传说等等。葛立方的《韵语阳秋》中有这样一段反映杜甫以后的苦吟诗人的记载："陈去非尝为余言：唐人皆苦思作诗，所谓'吟安一个字，捻断数茎须'，'句句夜深得，心从天外归'，'吟成五字句，用破一生心'，'蟾蜍影里清吟苦，舴艋舟中白发生'之类是也，故造语皆工，得句皆奇。但韵格不高，故不能参少陵逸步。后之学诗者，倘或能取唐人语而掇入少陵绳墨步骤中，此连胸之术也。"[①]

　　到了北宋，以"九僧"为首的隐逸诗派，南宋的"永嘉四灵"以及江湖诗派，都可以看做是苦吟风尚的延续。后世的苦吟诗人大多束缚于一句、一联的新奇，诗歌境界却变得相对狭窄，这与杜诗的雄浑壮阔已有天壤之别。

　　纵观杜甫一生，在世时为了胸中志向奔波劳顿，可往往徒劳一场。正因为如此，

---

　　① 葛立方《韵语阳秋》《历代诗话》本［M］北京：中华书局，1981：493。

诗人才能发愤创作，诗文因"穷而后工"。就像诗人自述的那样："千秋万岁名，寂寞身后事。"（《梦李白二首·其二》）在辞世后的日子，杜甫逐渐被尊为诗坛的集大成者，甚至被尊为"诗圣"。他对前代诗歌的大规模学习和接受，他在诗歌上的穷力追新，也使得他成为中唐以来诗学批评的集大成者。元稹在评价杜甫的诗时说过一段很著名的话："至于子美，盖所谓上薄风雅，下该沈宋，言夺苏、李，气吞曹、刘，掩颜谢之孤高，杂徐庾之流丽，尽得古今之体势，而兼文人之所独专矣。"（《唐故工部员外郎杜君墓系铭并序》）① 杜甫完整而统一的诗学接受观，他的诗风臻于化境而且各体皆工，并且有迹可寻，所以后世中，杜甫成为广大诗人竞相学习的对象。

① 元稹《元稹集》卷五十六，[M]北京：中华书局，1982：600。

后　记

听月楼头接太清，依楼听月最分明。摩天咿哑冰轮转，捣药叮咚玉杵鸣。

乐奏广寒声细细，斧柯丹桂响叮叮。偶然一阵香风起，吹落嫦娥笑语声。

——（宋）辛弃疾《听月诗》

早在十九年前，还是在沱江边上的鳌山脚下上师范学校的时候，我就为素以豪放著称的宋代军事家、文学家辛弃疾这首《听月诗》所震撼，那份飘逸高远、空灵幽冷的意境之美，通感、联想、用典、虚实手法运用之妙，若推之为历代吟咏中秋佳节格律诗之翘楚，当属无愧！就算是纵观整个古代文学史，这样的好诗又能看得到几首呢？

在文学史上，辛弃疾以词名家，被划归在宋词豪放派之列，与苏轼并称"苏辛"，其词豪迈慷慨，大气磅礴，以真率之情，抒淋漓元气。但是，当通读完辛弃疾的所有作品后，对上述定论甚为怀疑：且不说早年入选中学语文课本的《清平乐·村居》《西江月·夜行黄沙道中》，作为田园经典，已经影响了几亿学子，中国只要上过初中的，谁敢说自己没有学过背过写过？就以上文所引之《听月诗》而论，哪里有半点豪迈慷慨的影子？那么，我们是不是片面地理解了一位作家，然后形成一种人云亦云的笼统说法呢？比如对陶渊明，当念念不忘他的"采菊悠然"之句，讲述他的疏离官场向往田园时，可曾看到过他身为世家子弟、拥有庄园、出仕数十年的事实？陶渊明是真的穷困潦倒到"环堵萧然"的地步，还是在内心追求"带月荷锄"的自娱自乐？

事实上，我们对陶辛二人的了解是很片面的。作为历史人物的辛弃疾，首先不是一位诗人，而是一位军事家，一位武艺超群、胆识过人、忠贞爱国的大将之才。有一个关于辛弃疾的故事：

绍兴三十一年（1161年），金主完颜亮大举南侵，在其后方的汉族人民不堪金人苛政，奋起反抗。二十一岁的辛弃疾也聚众起事，参加了耿京义军，并掌书记。当金人内部矛盾爆发，完颜亮在前线为部下所杀，金军向北撤退时，辛弃疾于绍兴三十二年（1162年）奉命南下与南宋朝廷联络南归一事。在他完成使命归来的途中，听到耿京被叛徒张安国所杀、义军溃散的消息，立刻率领五十多人，袭击了几万人的叛军营垒，不仅将张安国生俘带回建康，交给南宋朝廷处决，并借机反正了半数以上的原义军将士。辛弃疾惊人的勇敢和果断，使他名重一时，"壮声英概，懦士为之兴起，圣天子一见三叹息"（洪迈《稼轩记》）。宋高宗任命他为江阴签判，从此开始了他在南宋的仕宦生涯，这时他才二十五岁。

由此我们知道：作文赋诗，不过是他的业余爱好而已，不过是他后期报国无门的抒情愁语而已，这和名将岳飞高唱《满江红》是一个路数。因此，就文学谈文学，不辨历史背景与历史事实，不作全面地考察和比较，不结合其他相关的学科，不借鉴这些学科的研究成果，就不可能拥有宽博的视野和立体的思维，不可能得出正确深刻的研究结论。哲学人文社会科学的研究，概莫能外。辛弃疾和陶渊明，不过是众多被误读案例中的两个代表而已。

当前的文学研究同样存在类似的误读。比如，有的研究者认为中国文学与文论在西方文学与文论面前患上了"失语症"，因此，推进并实现古代文论的现代转化、西方文论的中国转化的"双重转化"就是必须而且必然的。事实上，古为今用、中西比较是很好的研究思路，是很好的研究方法，古已有之，今人来继承发展，当然是对的。但是，轻言"失语"，则是不对的。所以，无论文学研究还是美学研究、哲学研究、艺术研究，都应该有谦虚的精神和充实的自信，以借鉴善者、为我所用的态度，运用古今结合、中外比较的方法，达到回归文本、全面立体、去弊整合的效果。只有这样，哲学人文社会科学的研究才能不囿于己见，从而走向深入。

四川理工学院讲师邱兴跃、四川大学文学与新闻学院博士研究生王冠、四川大学历史文化学院古籍整理研究所博士后王万洪等人，正在尝试着运用合观统照的方法来进行中外文学的研究工作。他们在青灯黄卷中安于寂寞，从前人陈说中独抒己见，对魏晋文学、六朝文论、唐代诗歌的研究有新的创见，对曹植研究、杜甫诗歌和《文心雕龙》等文学与文论经典的研究有所推进，有的还是所在领域的首出之作。借国家文化复兴政策之东风，借文学研究大兴之良机，编者联络上述学友，结集出版本书，既为上述研究成果的面世找到一个理想的出口，也为未来的学术研究铺开一条新路。幸甚！

学术乃天下之公器！绝不为私人所独有，也一定会去弊整合，走向深入。学术探究之路漫长而修远，没有止境。本书作者锐气十分，但限于学力与眼界，所作探索尚有许多不足之处，敬请各界读者朋友批评指正，不胜感谢！

本书的出版，得到了三位作者的导师和所在工作单位的大力支持，在此致以深深的谢意！

王万洪
2014 年 4 月 8 日

参考文献

[1] 陈鼓应. 庄子今注今译. 北京：中华书局，1983.

[2] 陈寿. 三国志. 裴松之注. 北京：中华书局，2000.

[3] 范文澜. 中国通史简编(第二编). 修订本. 北京：人民出版社，1949.

[4] 范文澜. 文心雕龙注. 北京：人民文学出版社，1958.

[5] 黄永年. 颜氏家训选译. 成都：巴蜀书社，1991.

[6] 刘永济. 文心雕龙校释. 北京：中华书局，1962.

[7] 陆侃如. 陆侃如古典代文学论文集（下册）. 上海：上海古籍出版社，1989.

[8] 牟世金. 文心雕龙译注. 济南：齐鲁书社，1996.

[9] （汉）司马迁. 史记三家注（影印本）.（宋）裴骃集解，（唐）司马贞索隐，（唐）张守节正义. 北京：中华书局，1997.

[10] 王运熙. 文心雕龙探索（增补本）. 上海：上海古籍出版社，2006.

[11] 王运熙,周锋. 文心雕龙译注. 上海：上海古籍出版社，1998.

[12] 杨明. 文心雕龙精读. 上海：复旦大学出版社，2007.

[13] 杨明照. 增订文心雕龙校注. 北京：中华书局，2000.

[14] 杨明照. 杨明照论文心雕龙. 上海：上海科学技术文献出版社，2008.

[15] （唐）姚思廉等. 梁书. 影印本. 北京：中华书局，1997.

[16] 詹锳. 文心雕龙义证. 北京：中华书局，1988.

[17] 张长青. 文心雕龙新释. 长沙：湖南大学出版社，2009.

[18] 张少康. 文心雕龙新探. 济南：齐鲁书社，1987.

[19] 张少康. 中国文学理论批评史教程. 北京：北京大学出版社，1999.

[20] 周勋初. 周勋初文集. 第三卷. 文史探微. 南京：江苏古籍出版社，2000.

[21] 中国人民解放军军事科学院战争理论研究部《孙子》注释小组. 孙子兵法新注. 北京：中华书局，1986.

[22] 周振甫. 文心雕龙今译. 附词语简释. 北京：中华书局，1986.

[23] 《艺谭》编辑. 建安文学研究文集[M]. 合肥：黄山书社，1984.

[24] 班固. 汉书[M]. 北京：中华书局，1962.

[25] 曹操. 曹操集[M]. 北京：中华书局，1974.

[26] 曹道衡. 中古文学史论文集[M]. 北京：中华书局，2002.

[27] 曹旭. 诗品集注[M]. 上海：上海古籍出版社，1996.

[28] 陈寿. 三国志[M]. 北京：中华书局，1964年.

[29] 陈寅恪. 金明馆丛稿初编[M]. 北京：三联书店，2001.

[30] 程俊英,蒋见元. 诗经注析[M]. 北京：中华书局，1999.

[31] 程树德撰,程俊英论语集释[M]. 蒋见元点校. 北京：中华书局，1997.

[32] 程章灿. 魏晋南北朝赋史[M]. 南京：江苏古籍出版社，1992.

[33] 褚斌杰. 中国古代文体概论[M]. 北京大学出版社1984.

[34] 狄德罗. 论戏剧艺术（上）. 文艺理论译丛 [C]. 1985(1)

[35] 丁福保辑. 历代诗话续编(下册). [M]. 北京：中华书局，1983.

[36] 段玉裁注. 说文解字注[M]. 上海：上海古籍出版社，1981.

[37] 范文澜. 文心雕龙注[M]. 北京：人民文学出版社，1978.

[38] 范晔. 后汉书[M]. 李贤等注. 北京：中华书局，1973.

[39] 丹纳名作集[M]. 傅敏. 傅雷译. 郑州：河南人民出版社，1998.

[40] 葛兆光. 想象力的世界[M]. 北京：现代出版社，1990.

[41] 古代文学理论研究（第十一辑）[C]上海：上海古籍出版社，1986.

[42] 顾颉刚 刘起釪. 尚书校释译论[M]. 北京：中华书局，2005.

[43] 顾农. 建安文学史[M]. 长沙：湖南教育出版社，2000.

[44] 郭绍虞. 中国古典文学文学理论批评史[M]. 上册. 北京：人民文学出版社，1969.

[45] 郭绍虞. 中国历代文论选[C]. 上海：上海古籍出版社，2003.

[46] 郭延礼主编. 中国文学精神（魏晋南北朝卷）[M]济南：山东教育出版社，2003.

[47] 河北师范学院中文系古典文学教研组编. 三曹资料汇编[Z]. 北京：中华书局，1980.

[48] 洪兴祖. 楚辞补注[M]. 北京：中华书局，1983.

[49] 洪治刚. 王国维经典文存[M]. 上海：上海大学出版社，2003.

[50] 黄晖. 论衡校释[M]. 北京：中华书局，1990.

[51] 黄节. 曹子建诗注（外三种）阮步兵咏怀诗注[M]. 北京：中华书局，2008.

[52] 黄金明. 汉魏晋南北朝诔碑文研究[M]. 北京：人民文学出版社，2005.

[53] 冀勤. 元稹集[M]. 北京：中华书局，1982.

[54] 姜亮夫. 重订屈原赋校注[M]. 天津：天津古籍出版社，1987.

[55] 金涛声. 陆机集[M]. 北京：中华书局，1982.

[56] 李宝均. 曹氏父子和建安文学[M]. 上海：上海古籍出版社1978.

[57] 李昉等. 太平御览[M]. 北京：中华书局据上海涵芬楼影印宋本复制重印，1960.

[58] 李景华. 建安文学述评[M]. 北京：首都师范大学出版社，1994.

[59] 李泽厚、刘纲纪. 中国美学史（魏晋南北朝卷上）[M]合肥：安徽文艺出版社，1999年.

[60] 刘大杰. 中国文学发展史[M]. 上海：上海古籍出版社，1982.

[61] 刘绍瑾. 庄子与中国美学[M]. 广州：广东高等教育出版社，1989年.

[62] 刘师培. 中国中古文学讲义[M]. 上海：上海古籍出版社，2000.

[63] 刘熙载. 艺概[M]. 上海：上海古籍出版社1978.

[64] 刘知渐. 建安文学编年史[M]. 重庆出版社1985.

[65] 陆侃如、冯沅君. 中国诗史[M]. 济南：山东大学出版社，2000.

[66] 陆侃如. 中古文学系年[M]. 北京：人民文学出版社1985.

[67] 逯钦立. 先秦汉魏晋南北朝诗[Z]. 北京：中华书局，1983.

[68] 吕慧娟等. 中国历代著名文学家评传. 第一卷[M] 济南：山东教育出版社，1984.

[69] 罗根泽. 中国文学批评史[M]. 上海：上海古籍出版社，1984.

[70] 宗强. 魏晋南北朝文学思想史[M]. 北京：中华书局，2004.

[71] 泽主编. 中国文学思想史[M]. 长沙：湖南教育出版社，2004.

[72] 潘啸龙. 楚汉文学综论[M]. 合肥：黄山书社1993年.

[73] 钱志熙. 魏晋诗歌艺术原论[M]. 北京：北京大学出版社 2005.

[74] 钱钟书. 管锥编[M]. 北京：中华书局，1999.

[75] 申骏. 中国历代诗话词话选粹（下）[Z]. 北京：光明日报出版社，1998.

[76] 沈约撰. 宋书[M]. 北京：中华书局，1974.

[77] 施惟达. 中古风度[M]. 北京：中国社会科学出版社2002.

[78] 司马迁. 史记[M]. 北京：中华书局，1963.

[79] 孙明君. 三曹与中国诗歌史[M]. 北京：清华大学出版社，1999.

[80] 用彤. 高僧传. [M]北京：中华书局，1992.

[81] 国作家理论家论形象思维[M]. 北京：中国社会科学出版社,1979.

[82] 王伯敏标点注译. 古画品录. 续古画品录[M]. 北京：人民美术出版社，1959.

[83] 王利器. 颜氏家训集解（增补本）[M]. 北京：中华书局，2002.

[84] 王琳. 六朝辞赋史[M]. 哈尔滨：黑龙江教育出版社，1998.

[85] 王巍. 建安文学概论[M]. 辽宁教育出版社，1991年.

[86] 王瑶. 中古文学史论[M]. 北京：北京大学出版社，1986.

[87] 王瑶. 中古文学史论集[M]. 上海：上海古籍出版社，1982.

[88] 王运熙、杨明. 中国文学批评通史（魏晋南北卷）[M]. 上海：上海古籍出版社1996.

[89] 王钟陵. 中国中古诗歌史[M]. 北京：人民出版社，2005.

[90] 庆之. 诗人玉屑[M]. 上海：上海古籍出版社，1978.

[91] 宗鲁. 说苑校证[M]. 北京：中华书局，1987.

[92] 萧涤非. 读书札记[M]. 北京：作家出版社，1957.

[93] 萧涤非汉魏六朝乐府文学史[M]. 北京：人民文学出版社，1984.

[94] 萧统编.（唐）李善等注. 六臣注文选[Z]. 北京：中华书局，1987.

[95] 徐复观. 中国文学精神[M]. 上海：上海世纪出版集团，2006.

[96] 徐公持. 略论曹植及其创作的特点[J]，《中国古典文学论丛》[C]第一辑，北京：人

民文学出版社，1984.

[97] 徐震锷. 世说新语校笺[M]. 北京：中华书局，2001.

[98] 续修四库全书[Z], 上海：上海古籍出版社，2002.

[99] 亚里士多德. 诗学[M]. 北京：人民文学出版社，1984.

[100] 均. 全上古三代秦汉三国六朝文[Z]. 北京：中华书局，1985.

[101] 照. 抱朴子外篇校笺[M]. 北京：中华书局，1997.

[102] 余冠英. 汉魏六朝诗选[M]. 北京：人民文学出版社，1984.

[103] 余冠英. 三曹诗选[M]. 北京：人民文学出版社，1979.

[104] 俞绍初. 建安七子集. 北京：中华书局，1989.

[105] 虞世南撰（清）孔广陶校注. 北堂书钞[M]. 光绪富文斋刻本

[106] 袁行霈主编. 中国文学史[M]. 北京：高等教育出版社，2002.

[107] 詹福瑞. 汉魏六朝文学论集[M]. 保定：河北大学出版社，2001.

[108] 张可礼. 建安文学论稿[M]. 济南：山东教育出版社1986.

[109] 章培恒. 骆玉明主编. 中国文学史[M]. 上海：复旦大学出版社，1996.

[110] 幼文. 曹植集校注[M]. 北京：人民文学出版社，1984.

[111] 插图本中国文学史[M]. 郑振铎全集. 第八卷. 石家庄：花山文艺出版社，1998.

[112] 钟优民. 曹植新探[M]. 合肥：黄山书社，1984.

[113] 朱东润. 中国文学史批评史大纲[M]. 上海：上海古籍出版社2001.

[114] 朱光潜. 悲剧心理学：各种悲剧快感理论的批判研究[M]. 北京：人民文学出版社，1983.

[115] 朱自清. 诗言志辨[M]. 桂林：广西师范大学出版社，2004.

[116] 仇兆鳌《杜诗详注》（附录）［M］北京：中华书局，1979.

[117] 贺贻孙《诗筏》《清诗话续编》本 ［M］上海：上海古籍出版社，1983.

[118] 乔亿《剑溪说诗》《清诗话续编》本 ［M］上海：上海古籍出版社，1983.

[119] 陈良运《中国诗学批评史》［M］南昌：江西人民出版社，2001.

[120] 葛立方《韵语阳秋》《历代诗话》本［M］北京：中华书局，1981.

[121] 元稹《元稹集》卷五十六，［M］北京：中华书局，1982.